元帅的女儿

贺捷生——著

CNS 湖南文艺出版社

图书在版编目（CIP）数据

元帅的女儿 / 贺捷生著 . -- 长沙 : 湖南文艺出版社, 2020.1（2022.5重印）
ISBN 978-7-5404-9393-6

Ⅰ . ①元… Ⅱ . ①贺… Ⅲ . ①传记文学—中国—当代
Ⅳ . ① I25

中国版本图书馆 CIP 数据核字 (2019) 第 265240 号

元帅的女儿
YUANSHUAI DE NU'ER

作　　者：贺捷生
出 版 人：曾赛丰
策划编辑：谢迪南
责任编辑：徐小芳
书籍装帧：赵　燕　周慧颖
出版发行：湖南文艺出版社
（长沙市雨花区东二环一段 508 号 邮编：410014）
印　　刷：三河市人民印务有限公司
经　　销：全国新华书店
开　　本：710 mm × 1000 mm　1/16
印　　张：17.5
字　　数：168 千字
版　　次：2020 年 1 月第 1 版
印　　次：2022 年 5 月第 3 次印刷
书　　号：ISBN 978-7-5404-9393-6
定　　价：48.00 元

目录

1 走完长征的婴儿

2 洪江不相信眼泪(上)

3

洪江不相信眼泪（下）

4

成长是一种奇迹

— 1 —

走完长征的婴儿

我的父亲和母亲

1935年的10月就将过去。进入深秋的湘西，已是万山红遍，层林尽染。一天比一天冷的风从逶迤起伏的山里吹过来，渐渐地，有一种利刃割面的感觉。接到北上长征命令的红二、六军团，此时以我父亲故乡桑植为中心，开始收拢队伍，筹备粮草，努力寻找一道缝隙，以期杀出重围，去追赶遵义会议之大踏步前进的中央红军。然而，缝隙是没有的，天上没有，地上也没有，因为国民党中央军和地方军共出动80多个团，从四面八方围过来，把每一条缝隙都给堵死了。

偏偏在这个时候，经过十月怀胎的我母亲，像挺着一面大鼓那样挺着一个大肚子。虽然她的预产期早到了，但肚子里没有任何动静。

我母亲蹇先任是一个老资格的共产党人，她1925年在长沙读书时，就加入了党组织，投身于共产革命，比我未来的父亲还早两年入党。几年后，她飒爽英姿，穿上了扎着绑腿，帽子上缀着一颗红五星的红军服，成了慈利的第一个女红军。而她投身的革命队伍，就是南昌起义后，我父亲经香港和上海回到湘鄂西，在故乡组建的红四军。

我母亲和我父亲走到一起，成为湘鄂西最早的一对红军夫妇，按照我母亲的说法，是当时威名赫赫，被国民党反动派污蔑为“贩夫走卒”，走到哪里都能把黑暗的天空捅一个窟窿的贺龙，也就是我未来的父亲，积极主动，首先靠近蹇先任，也就是我未来的母亲的。这是1928年末或1929年初，我父亲担任湘鄂西红四军军长，正带领他的部队在建始、巴东、鹤峰三县交界处昼伏夜出，艰难作战；我母亲作为湘鄂西苏区的第一位女红军，在我父亲的部队担任文化教员。我父亲一见到他的队伍里冒出这么一个漂亮女兵，一个刚满二十岁的白白净净的姑娘，眼睛一亮，心里就有些近水楼台先得月的想法了。没过几天，他没做任何铺垫，就对他这支队伍中的这个女兵，也就是我的母亲蹇先任说，蹇先生，我们结婚吧。

我母亲已经是一名坚定的红军战士，一个成熟的革命者。与人们印象中的女红军，比如与《红色娘子军》中那个打不死就要逃跑的童养媳吴琼花，还有与当过红军女子团团长、能使双枪的王泉媛相比，可谓大相径庭。我母亲长得小巧，清秀，气质优雅。我外公蹇承宴几十年打拼下来的那份在慈利县城也排得上名次的家业，使她在省城长沙接受了慈利这样的小地方和她这个年纪的女孩子，很少有机会接受的良好教育，是一个名符其实的洋学生，拥有湘西女性并不多见的书卷气。在穿上红军那身灰布军装之前，她便在长沙参加过学生运动，从事党的秘密工作，可说久经革命斗争锻炼和考验。因此她少年老成，性格内向，看上去多少有些文弱。当她站在我父亲面前，她那两只清澈的像湖水那般深邃的眼睛，她在艰苦环境中锻炼出来的从容和沉稳，让我父亲当即认定她就是他一生要找的女人，再不能错过她。

我必须说，我当时已经三十二岁的父亲，是一个见过大世面，也闯过大世界的人。他天不怕，地不怕，好像生下来就与这个黑暗的世界势不两立。当我母亲出现在他面前时，他已经走完了从赶马，当骡子客，到用两把菜刀（其实是两把柴刀）闹革命，带领十几个弟兄刀劈芭茅溪盐局，再从中华民国澧州副镇守使、四川建国川军团长，到以师长和军长的名义先后率领国民革命军参加北伐，然后，站在总指挥的位置上，举行南昌起义这样一条曲折、漫长而又辉煌的道路。

换句话说，我父亲从中华民国澧州副镇守使、四川建国川军团长，到分别以师长和军长的名义率部参加北伐革命，他的官越做越大，地位也越来越高。但相对南昌起义后，他参与建立的新型人民军队，也就是今天享誉世界的中国人民解放军，他在这之前带过的军队，都可以叫旧军队；在这之前当过的军官，也都可以叫旧军官。而旧军官越当越大，当到他最后的国民革命军第二十军军长，就是俗称的军阀了。

民国时期，这样的军阀比比皆是，《沙家浜》里那个草包司令胡传魁就是其中之一。他说的“有枪就是草头王”，指的就是这种现象。

那么，军阀有什么特征呢？军阀最大的特征，就是拥兵自重，割据一方；再就是住公馆，穿皮靴，前呼后拥，妻妾成群。山东军阀张宗昌有个笑话流传至今，说他独霸一方，但一问三不知：不知道自己有多少兵，不知道自己有多少个老婆，不知道自己有多少个儿子。有一次，他的一个儿子喊他爹，他反问：你的妈妈是哪个？

我父亲贺龙当过军阀不假，他自己也不否认，但他从没有沾染军阀的任何坏习气。因为他也是苦出身，十五六岁就跋山涉水，当了一名骡子客，从小爱憎分明。最重要的是，他从不祸害老百姓，也不像真正的军阀那样胡作非为，横行霸道。南昌起义后，他跟定共产党，不穿皮鞋穿草鞋，在人民军队中留下了一段佳话。在湘西担任红二、六军团总指挥时，有一张他与任弼时、王震、萧克、李达等红军将领合影的老照片，脚上穿的就是草鞋，十个脚趾全部露在外面，就像一个吃苦耐劳的老农民。而且，作为这支队伍的最高领导人，他也不往中间站，只是默默地站在一旁，不信你自己去找来看。

我父亲跟女人的交往，也不像那些军阀那样乱七八糟。他不仅没有妻妾成群，甚至还有些太寒酸，太可怜了。这么说吧，到 1929 年向我母亲求婚的时候，我当年三十三岁父亲的感情生活，实在乏善可陈。

不过，到这个时候，我父亲自己不承认的婚姻和勉为其难的婚姻，倒是各有一次。首先是，他十几岁出去闯世界，当骡子客，我做裁缝的爷爷贺士道怕他的心闯野了，按照老辈人的父母之命、媒妁之言，给他定了一门亲。那是一个不出五服的亲戚家的姑娘，奶子大屁股也大。我们的故乡湘西桑植县是一个多民族杂居的地方，乡间有不少陈规旧俗和民间说法，信奉找奶子大屁股也大的女子做老婆就是其中之一，说这样的女子能像母鸡下蛋那样生儿子。但我父亲一米八几的大个头，相貌堂堂，且早早地走南闯北，见多识广，早成了陈规旧俗拴不住的人。他一看那个奶子大屁股也大的姑娘，说，她怎么长得这么丑啊？吓得夺路而逃。我爷爷说，这事不能听他的，只管择日给他成婚。可是，到了结婚那天，我父亲不回家，托人对我爷爷说，要拜堂你跟那个大屁股和大奶子的女人去拜吧。我爷爷说，混账的东西，你以为没有你就结不成婚了？活人还被尿憋死？于是，照样张灯结彩，大宴宾客。证婚的时候，我爷爷不知从哪里抱来一只大公鸡，让那个女子抱着那只大公鸡拜天地、拜父母和夫妻对拜，然后双双送入洞房。一百多年过去，这个抱着一只公鸡拜天地的故事，在我们的故乡桑植洪家关仍被传为笑谈。

说我父亲的第二段婚姻，是勉为其难的婚姻，指的是他与原配徐月姑的事。都知道乡村的婚姻，根本没有城里所谓的爱情一说，因为你怎么也逃不脱父母之命、媒妁之言的老路子。我父亲躲过与那个屁股大奶子也大女人的第一次婚姻，是因为他那时当骡子客，在外面闯世界，还有他愣头青犯横的理由。到了十八岁，这是乡村普遍认为应该成家立业的年龄，再胡闹就不像话了。因此，我父亲到了成年的时候，至少在婚姻这件事上，或许出于这个年龄的生理需要，也向陈规旧俗妥协了，接受了我爷爷他们上一辈人再次为他物色的女人。她就是父亲自己也承认的原配徐月姑。那是一个勤快、贤良、老实本分，从不多嘴多舌的人。从过日子的角度，父亲认为这是个不错的女人。可惜她命短，和父亲生下后来被他带到上海并死在上海的贺金莲姐姐后，便暴病而亡。这之后，父亲出头端了芭茅溪盐局，投身辛亥革命，走上了与乡村青年循规蹈矩完全不同的道路。在婚姻上，随着他的社会地位的提高，他前呼后拥的身份的改变，他也是有自己的追求的。

知道这样的历史背景，我们就能想象，当我母亲出现在我父亲的队伍里时，我原本强悍和独断专行的父亲，为什么会突然变得那么局促，那么拘谨，那么笨手笨脚、规规矩矩。他那么刚烈的一个人，那么说一不二，见到我母亲，竟谦逊又讨好地叫她“蹇先生”。而在这之前，他也不是没有见过女人，没有野蛮和胡闹过，只是没有见过像我母亲这样的知识女性。但能让他心动的，就是这样一个知识女性。

男人都要面子，我父亲也不例外。看上我母亲后，我父亲既想得到她，娶她为妻，又不愿放下他统率千军万马的大男人的面子。因而，他省了自由恋爱这个环节，一上来就与母亲谈婚论嫁。他说出来的理由，也是那么地好笑，那么地牵强附会和欲盖弥彰。

我父亲说，蹇先生，我贺龙是一个粗人，在旧军队里待的时间长了，养成了许多小毛病，必须有个人来管管我。正因为这样，我给上海的党中央打了报告，说这个能管住我的人，我终于找到了，那就是你。

听着我父亲有些蛮不讲理的说辞，我母亲心如止水，一点都不感到意外，更没有那种泰山压顶的感觉。虽然我三十三岁的父亲剽悍勇猛、性情粗犷，早在十几年前就揭竿而起，领导过震动三湘四水的芭茅溪起义和更大规模的南昌起义，是一个不仅把湘西，而且是一个把整个中国搅得天翻地覆的人，但我母亲却一点儿也不怵他，她既不怕他逼婚，也不怕他逼婚不成把自己从他的队伍里赶走。

我母亲冷静地望着我父亲，温文尔雅地说，是吗？贺军长想和我结婚？这可是一件大事，我得回慈利去问问我父亲，看他同不同意。

好嘛，好嘛。听到我母亲说和她结婚必须过我外公这一关，我父亲那颗多少有些忐忑的心忽然又膨胀起来。他对我母亲说，那没得问题，蹇先生要我去求你父亲蹇老先生，过几天我就去把慈利打下来。

我母亲的出生地慈利县，与我父亲的故乡桑植县相邻，在地域上同属湘西。在慈利县城城关镇的东北街上，住着我的外公蹇承宴，还有他临街开的豆腐店和染布店。看见我父亲那副志在必得的样子，我母亲不服气地想，哼，你以为我父亲这一关是这么好过的？他又不是土豪劣绅，而是个安分守己的生意人，你吓唬不住他。再说，他为人正直，做事有自己的原则，你如果胡作非为，他可不吃你这一套。

当然，我母亲也是一个见多识广的人，她在省城长沙读的书，又接受了许多新思想，新观念；她又是党的人，红军队伍的人，还不至于不敢为自己的婚姻做主。但她在情感上却非常传统，她觉得自己可以把信仰和生命交给党，交给这支军队，甚至交给我父亲这个这支红军队伍的最高领导人，但自己的女儿身是我外公给的，在把自己交出去之前，必须由外公点头。从另一个角度说，我外公在生意场上阅人无数，看得出谁忠谁奸，因此在嫁人的问题上，母亲绝对相信他的眼力。

我外公蹇承宴在我母亲心里，和当军长的我父亲一样，是一个很高大也很有办法的人。他生在湖南安乡，八岁时村里发大水，一家人只他和上了年纪的奶奶活下来。之后，奶奶带着他背井离乡，外出逃荒，最终流落到慈利县杉木桥，借住在一户穷人家里。现在一个八岁的孩子懂得什么呢？但我八岁的外公，在那时却已经懂得必须与奶奶相依为命，必须在当地人面前谨慎并且有尊严地做人，不能让人瞧不起；还懂得一个男人应当自强不息，既要能赚钱赡养奶奶，还要成家立业，活得像个人样。渐渐的，他无师自通地学会了做豆腐，有了一门养家糊口的手艺。三十岁那年，奶奶不在了，他与一个叫黄世菊的女子白手起家，真正在异地他乡站住了脚跟。有一年，他听说慈利城关镇的豆腐生意好做，小两口一合计，挑上担子便进县城了。在后来的日子里，夫妻俩在城关镇东北街，一边开作坊做豆腐卖，一边生儿育女。几年下来，大女儿蹇先钰、二女儿蹇先任（我母亲）、大儿子蹇先为、幺女儿蹇先佛、二儿子蹇先超，先后来到这个世界。再然后，自然是小小地发达了，他又娶了二房杨氏，生了小舅蹇先辉，小姨蹇先珍。最了不起的，是他除了把我大姨蹇先钰留在了身边做帮手外，让其他的几个儿女都上了学，把我母亲蹇先任和我大舅蹇先为送到长沙兑泽中学读书，把我幺姨蹇先佛送到长沙衡粹艺术师范学校艺术系深造。相对偏隅一方的慈利县，长沙是大城市、大地方了，兑泽中学和衡粹女校又都是长沙的名校，从中足见我外公的气魄和远见。

我母亲就是在长沙读书的时候，受到大舅蹇先为的影响，开始从事地下斗争。大舅当时虽然还是个小小少年，但已经相当成熟了，甚至有过出生入死的经历。1927 年 5 月长沙发生“马日事变”，军阀许克祥心狠手辣，大开杀戒，党组织面临瘫痪，同时又因缺少经费而难以为继。这时，我外公的生意做得顺风顺水，已经很有些规模了，他在街上很气派地开了两个作坊和两家铺子，我大舅便以帮助我外公经商为名，趁我外公和外婆不注意，从钱柜里悄悄拿出钱去资助党组织。有一次，他整整提走了100块大洋，被我外公发现了，严厉追问他钱的去处。大舅也不躲闪，只用几句话就打消了外公的顾虑。我大舅说，父亲，你从小看着自己的儿子长大，又亲自送我去长沙那样的洋学堂读书，难道相信我会拿出钱去做坏事吗？他进而透露说，你老人家不是天天反对苛捐杂税、盘剥压榨吗？我们就是要和那些人过不去。

要说我外公还真是有胆有识的一个人，听完大舅的几句话，他什么也不问了，只是默默地盯着他，然后拍拍他瘦弱的肩膀说，先为啊，你做的事既然于国有益，与世人有益，那就大胆去做吧，爹不拦你。但你应该知道，做这种事是要掉脑袋的，应该处处小心、步步小心。

这就是我母亲信任外公的原因。他尽管是个小县城里的小商人，但眼里有爱憎，胸中有家国，这在当年的那个世道，是非常难得的，所以深得我母亲敬重。还有，他虽然像所有的父母那样疼爱自己的子女，却不愿把他们都护在自己的羽翼下，只要他们走正途，做大事，就不怕他们有个三长两短。正因如此，在那个险恶的年代，当我大舅带着我母亲参加红军，他不为他们担惊受怕，反而为他们感到高兴。要知道当红军和当红军家属，一不小心，就要流血和遭受杀身之祸。

我父亲贺龙的名声在那个年代已是如雷贯耳，当我母亲说出他的名字，我外公不需要她多做解释。但听说贺龙追求他的二女儿，要娶她为妻，我外公心里一惊，严厉地追问我母亲说，贺龙真喜欢你？像你说的，他从来没有明媒正娶过？他要你嫁给他，不是给他做小？在得到我母亲的肯定回答后，我外公才长出一口气，说，哦哦，能看上我二女儿，说明他贺龙还真是有眼光，是一个干大事的人。当然啰，我女儿也是人中龙凤，能辅佐他打江山。

没过几天，在我父亲贺龙拜见过未来的岳丈之后，我外公亲自带人将一包金条和一车布匹送到我父亲的队伍里。他对我父亲说，云卿啊，我知道你们红军缺衣少食，生活贫苦，这些东西你们用得着。作为给我父亲个人的礼物，外公送给他一件花了上百块大洋买的皮袍。外公想，父亲长年带领队伍在山里奔波，日晒雨淋，风餐露宿，必须有件厚实的衣服抵挡风寒。

我父亲贺龙和我母亲蹇先任结婚后，勠力同心，生死与共，经受了革命低潮血雨腥风的严峻考验。1931 年，湘鄂西红军在遭到国民党军疯狂的外部围剿和夏曦以肃反为由推行的内部残杀后，被迫东征黔东南，在贵州梵净山下的印江、沿河和松桃另辟根据地。我母亲因为有孕在身，被迫留在湘西，在慈利、桑植和与桑植隔江相望的湖北鹤峰一带打游击。那些日子，她披星戴月，九死一生，整天在山林里躲藏，活得朝不保夕。我姐姐红红生下来，就因为跟着她东躲西藏，餐风露宿，长到一岁时，一场麻疹袭来，母亲眼睁睁看着这个活蹦乱跳的小生命死在自己的怀里。那是个风雪天，望着渐渐冰冷的女儿，我母亲强行擦去眼角的泪水，自己动手在雪地里刨一个坑，把亲骨肉埋了。

父亲和母亲结婚的第六年，即 1935 年春天，母亲才怀上第二胎，也就是我。好不容易到了瓜熟蒂落的时候，部队却接到长征的命令，马上要转移。而这个时候，我却待在母亲的肚子里不出来，好像贪恋她温暖的子宫日不晒，雨不淋，这该把我母亲急成什么样子？

母亲后来对我说，当时她火急火燎，连拉开肚子揪着我出来的心都有了。她每天早晨醒来，都要拍着圆滚滚的肚子，对着赖在她肚子里的我呼喊：儿啊，你怎么还不出来啊？你爸爸就要带着大部队远远地走了，谁也不知道他们什么时候能回来。你那么不听话，让我走不能走，留不敢留，最终部队扔下我们娘儿俩，那可怎么办啊？！

捷报中诞生

1935 年 11 月 1 日，我母亲牢牢记住这个日子，是因为她在这一天终于把我生下来了，她欣喜若狂。西方人把孩子的生日称为母亲的受难日，但我母亲一点儿也没有受难的感觉，她说她反倒要感激我不再拖累她，让她终于可以跟队伍走了；我牢牢记住这一天，是因为我呱呱坠地，从此后，将在这个世界上，与生活搏斗八十多年直到今天。

那天，卫生员外出了，我父亲特地派给我母亲的警卫员也不知干什

么去了，不在我母亲身边。我母亲感到内急，连忙去上厕所。那是乡村极简陋、极肮脏的厕所，臭气熏天。我就在这样的时候，这样的地方，不管不顾，懵懵懂懂地从她的身体里探出头来，似乎想看看她到底急成了什么样子。血泊中的母亲忘记了痛疼，她喜出望外，当即脱下身上穿着的一件衣服，把血淋淋、肉乎乎的我，小心翼翼地裹了起来。我双手摇晃，两脚乱蹬，哇哇地哭出声来。母亲把我包好后，紧紧搂在怀里，痛惜地说，儿啊，你哭吧哭吧，妈就盼着你大声哭呢。

我母亲生我的这个村庄，是桑植县南岔村冯家湾。那儿有我父亲的亲戚，他们经过慎重选择，才护送我母亲去那里生产，他们认为那里安全。解放后我每次回桑植洪家关，都要路过冯家湾，发现这个村子孤悬在一片旷野中，前后左右都是田野，无遮无拦。如果敌人得知贺龙的夫人在那儿生育，派人来暗杀她，准能得手，因为躲都没有地方躲。

母亲只想着把我早点生下来，跟上大部队转移，根本不考虑自己的安危。她一路滴着血地把我抱进屋子，嘱咐警卫员立刻给我父亲报信。我父亲正在桑植境内的前线阻击敌军，在后方养伤的红六军团政委王震叔叔先得到消息，按照事先约定，他让电台马上给前线发电报。电文简简单单，男人们一看就明白：“祝贺军团长生了一门迫击炮！”

为什么说我是一门迫击炮？长大后我听了也感到蹊跷，猜想有男人们开玩笑的意思，说女孩子都是赔钱货，像迫击炮必须往里填炮弹。

王震叔叔拍的是明码电报，译电员译出来后交给通信员，由通信员直接送给正在前线指挥打仗的我父亲。通信员不明白电文的意思，觉得好玩，举着电报边跑边喊："告诉大家一个好消息，我们又添了一门迫击炮！"正在战壕里阻击敌人的红军战士们听到这个消息，齐声欢呼："噢，噢，我们又添了一门迫击炮！我们又添了一门迫击炮！……"

电报交到我父亲手里，他明白自己当了父亲，生了一个女儿，大喜，命令部队乘势出击，把潮水般涌来的白军坚决打回去。这一出击不要紧，红军势如破竹，摧枯拉朽，把敌人杀得屁滚尿流，望风而逃。

战斗告一段落，在指挥部，几个红军指挥员围在一起喘一口气。我父亲摸出口袋里的大烟斗，满满地装上一袋烟，靠在柱子上美美地吸起来。过足瘾，他缓缓睁开眼，对围绕在身边的任弼时、关向应、萧克、贺炳炎和卢冬生等战友和爱将们说："嘿嘿，你们都知道了，我当父亲了，生了一门迫击炮。你们说该给这个丫头片子起个什么名字呢？"副总指挥萧克首先站出来响应，那年他二十七岁，刚娶了我十九岁的漂亮

“祝贺军团长生了一门迫击炮！”

的幺姨蹇先佛做妻子，跟我父亲在搭档的基础上又成了连襟。萧克说：“恭喜恭喜，这几个月总指挥带领我们连连打胜仗，先斩了敌师长谢彬，后捉了敌纵队司令、中将张振汉，现在又喜得千金，我看孩子的名字叫‘捷生’最好，小丫头在捷报中诞生嘛。”

父亲尊重文化人，萧克是红军将领中的大秀才，在指挥打仗之余写散文，写诗歌，字也写得龙飞凤舞。听他说得头头是道，父亲像批准战斗方案那样一锤定音：“要得，孩子就叫贺捷生，这名字响亮！”

那天打完仗，我父亲骑一匹快马，“嗒嗒嗒嗒，嗒嗒嗒嗒……”像风一样向冯家湾刮去。离我母亲住的那栋屋子还有十几丈远，他就把缰绳往警卫员手里一扔，急步向母亲和我扑过来。我正在竹床里熟睡，母亲给浑身冒着热气的父亲打着手势说，轻一点，轻一点，孩子睡着了，别吵醒她。父亲却顾不了那么多，把我从小床上抱起来，一下举上半空转起圈来。吓得我从梦中惊醒，哇哇大哭。父亲粗声大嗓说，哭吧！哭吧！我就盼着听你这小猴子哭几声呢！

我母亲说，哎哎哎，贺大军长，你叫你女儿什么？叫她小猴子？我不同意。她明明是个人嘛，怎么就成了小猴子？

父亲嘿嘿地笑着说，你看她肉嘟嘟的，粉嫩粉嫩，眼睛小鼻子也小，就是一只小猴子嘛。又说，小猴子灵活、可爱、漂亮，孙大圣不是也叫美猴王吗？今后我不仅要叫她小猴子，还要叫她妈妈猴娘。

母亲扑哧一声笑了。她喜欢我父亲粗鲁中透出的那股豪爽，幸福地埋怨说，你叫女儿小猴子就小猴子吧，怎么还搭上我呢？想想又说，不过，与小猴子相比，我还是喜欢老虎。常言说深山无老虎，猴子称大王，说明还是老虎厉害。你应该说我们的女儿像一只小老虎，做一个虎女多好啊！还有，女儿是虎女，你我不就成了虎爸、虎妈了吗？

虎女？父亲一惊，说，让我想一想，女儿成了虎女，我们就成了虎爸虎妈？这个有意思！真有意思！我父亲钦佩我母亲有见识，有学问，遇到什么事都能引经据典，说出个大道理来。听完我母亲一番话，他觉得既新鲜又有趣，连连赞叹说，好，好好好！想想还真是这样呢，我贺龙这一辈子胆大包天，敢做敢为，对国民党来说，昨天是一只下山虎，今天是一只拦路虎。现在我有女儿了，不是虎女是什么？！

从战场上回来，父亲水没喝，饭没吃，看我一眼就走了。母亲后来说，那天他远去的马蹄声，嗒嗒嗒，嗒嗒嗒，要多好听有多好听。

这是我第一次听见马蹄声，父亲的马蹄声，胜利的马蹄声。虽然我混沌未开什么也不知道，但那一串“嗒嗒嗒嗒”的马蹄声，却真真切切地飘落在我涓涓细流般的血脉里，让我此生注定与它命运相连。

十八天后，我坐在一匹小骡马驮着的摇篮里，成为长征的一员。

这个时间，连同这段峥嵘岁月里的史实，在我们的党史和军史上有记载：1935 年 11 月 19 日，由贺龙、任弼时、关向应、萧克和王震率领的红二、六军团，分别从湖南桑植刘家坪的干田坝和瑞塔铺的枫树湾出发，开始长征。

队伍上路时，嚓嚓嚓嚓的脚步声和嗒嗒嗒嗒的马蹄声，让我乖得不敢发出哪怕是轻微的一阵哭声。我不知道自己为什么要躺在这样的一个摇篮里，不知道队伍朝哪里走，也不知道驮着我的那匹黑色小骡马，是父亲动用了他深藏的爱心，特地调来供母亲和我使用的。

我不敢不乖啊！我后来才知道，我父亲原本是不准备带我走的，他连寄养我的人家都找好了。那是我们贺家的一个亲戚，双方说好了在部队离开前把我送过去。但到了预定的日子，当父亲和母亲轮番抱着我赶到这个亲戚家时，却是铁将军把门，一家人早吓得不知去向。想想也能理解：贺龙是什么人？他们是害怕红军离开后，国民党反动派卷土重来。那时如果敌人知道他们收留了贺龙的女儿，那可不得了。

还在月子里的母亲虚弱得像片在风中颤抖的树叶，但她像母狼那样紧紧地抱住了我，哀哀地望着我父亲。到底是从她身上掉下来的血肉，连我发际间的血污都没有洗干净呢，她怎么舍得扔下我？

看见我母亲生怕失去我，父亲猛然想起几年前出生的姐姐红红就死在她打游击途中的冰凉怀抱里，他的心里不禁一颤。但亲情归亲情，原则归原则，父亲咬咬牙，仍铁青着脸对母亲说，蹇先生，你是知道的，中央规定不能带孩子，所有的孩子都要送给老百姓。当然，我们的小捷生属于送不出去，那可怎么办呢？那么交给军团党委讨论吧。

在军团党委最后一次讨论部队大转移的军事会议上，郑重讨论了带不带我走的问题。因为父亲是总指挥，副总指挥萧克是我的亲姨夫，大家都不便说话，不约而同地把目光投向最有办法的参谋长李达。李达叔叔是个心地善良的大好人，他不亢不卑，不急不躁，缓缓地说，把一个出生才几天的孩子丢在草丛里，白军打回来，肯定是个死。我们成千上万的红军，能眼睛不眨地做这种事吗？这让国民党知道了，还不知道要

怎么诬蔑和攻击我们呢！再说，小捷生可是贺老总的孩子，如果落入敌人手中，到时他们会怎么用来做文章？这可关系到整个红二、六军团，整个红军的声誉！当然，最最重要的，是我们这一辈人出生入死打江山，图的是什么？还不是图我们的孩子将来都能活下来，都过上好日子！他这席话，让包括我父亲在内的那些决定我命运的人，一个个沉默了，我就这样在生下来十八天后被背着去长征了。

这段历史绝非我道听途说,而是任弼时夫人陈琮英妈妈亲耳听来的。陈妈妈和我母亲同是湖南人，女工出身的她对读了很多书的我母亲，很是钦佩和尊重，两人关系亲密。听说军团党委集体讨论带不带我长征，她替我母亲着急，悄悄躲到墙根下去偷听党委会。

听到确切带我走的消息后，陈妈妈马上跑来告诉我母亲。说先任，你不用哭了，不用担心孩子丢下可怜了，军团党委同意带她走了。我母亲正含着泪水把襁褓裹了又裹，准备把我丢下让好心人捡走，听陈妈妈说可以随军带我走，她把我紧紧地搂在怀里，喜极而泣。

我父亲来到我母亲面前，像做错了什么似的，带着几分愧疚地说："把小丫头带上吧，不过路上艰险，是死是活就看她的命了。"

但是，老一辈共产党人的铁面无私，还是通过任弼时伯伯的一番话表现出来。在部队宣布可以带我走之后，任伯伯作为红二、六军团军政委员会主席，郑重地走到我母亲面前说：“蹇先任同志，军团党委同意把孩子带走，但你一定要把孩子看好，不能哭闹。未来我们不知要穿过敌人的多少道封锁线，如果孩子随便哭闹，将导致全军覆没！”

就这样，我跟着我的父亲和母亲走了，跟着那串时而敲打在岩石上，时而深陷在泥沼里的马蹄声走了。从此山高水长，风餐露宿，嗒嗒嗒嗒的马蹄声始终陪伴着我，就如同母亲始终对我不离不弃。

当然，每当通过敌人的封锁线，我母亲都会把奶头塞进我的嘴里，把我的嘴堵住，不让我发出任何的一点声音。有几次，就因为母亲把我搂得太紧，堵得我透不过气来，都快把我活活憋死了。

臭孩子

车辚辚，马萧萧。敌人的飞机呼啸着冲下来，扔下一串串炸弹，养育了三湘儿女的澧水在巨大的爆炸声中升起一个个高高的水柱。

红二、六军团决定突破国民党的第一道封锁线——抢渡澧水开始了。

母亲还在产期，那时根本没有坐月子一说，也没有谁通知你休产假。母亲背着我走在日夜兼程的队伍中，她因为及时把我生下来，没有掉队，也没有把我送给老百姓，已感到极大的满足。剩下的，就是她心甘情愿地为我吃苦受累。她想，这就是红军，这就是革命者的战斗，别人能走，我们娘俩也能走；别人能走多远，我们也能走多远。也只有到这时她才知道，母爱是什么力量都不能代替和夺走的。

我们母女俩最早是跟随红二、六军团卫生部行军。解放后出任国家卫生部副部长、解放军总后勤部副部长兼卫生部部长的军团卫生部部长贺彪叔叔，把我们编入伤病员队伍，给母亲和我准备了一副担架。伤病员行动缓慢，我母亲和我，加上奉命照顾我们母女俩的老刘、老尹两个老兵，再加上两个抬担架的红军战士和那匹小骡马，我们组成了一个特殊的群体。

走到澧水河边，敌机飞来了，像拉屎一样扔下无数颗黑黢黢的炸弹。河面上水柱冲天，乘坐伤病员的小船在波涛中颠簸起伏，许多人落进了水里。驮着摇篮的小骡马吓得前蹄腾空，差一点把摇篮里的我掀翻了。贺彪叔叔看不下去了，急得扔下部队，连忙把我从摇篮里抱了出来，塞在我母亲怀里，自己撑一只船把我们送向河对岸。

船到河中心，我被巨大的爆炸声和敌机飞行的尖叫声吓得号啕大哭，贺彪叔叔冲着母亲怀里的我喝道："你哭，你哭，看你把敌机都招来了，再哭把你扔进河里！"这时，我真就不哭了，不知道是不敢哭，还是哭不出来了。

到了对岸，警报解除了，我母亲满怀歉疚地对贺彪叔叔说，贺部长，捷生那不是哭，她是在吓唬敌人的飞机呢，你看敌机不是飞走了吗？贺彪叔叔想到刚才对我太粗暴了，连忙伸出手来刮我的鼻子，逗得我一笑。

马蹄又响起来了，疲倦的我躺在摇篮里呼呼地睡了过去。这时耳边的马蹄声嗒嗒嗒嗒地响，我光光的头颅一摇一晃，像个浮在水里的葫芦。母亲不时会伸进一只手来，摸摸我的鼻息，看我是否还活着。

从千军万马穿越澧水，到第一次响起宿营号，我们风雨兼程，夜以继日，整整走了两天一夜。

到了宿营地，母亲什么都不顾，只赶紧把我从摇篮里抱出来，手脚并用地给我喂奶、换尿布。经过那么长时间的颠簸和惊吓，我不仅饿了，而且变得臭不可闻，下半身几乎泡在屎里尿里。你想啊，两天一夜马不停蹄地奔走，兵不卸甲地走，在层层叠叠裹着我的襁褓里，积攒了多少粪便！那股臭味，简直能熏翻天！医疗队有个男护士主动跑过来给我母亲帮忙，他没想到我一个出生才二十几天的小婴儿，竟有那么多的屎和尿，还那么臭，被熏得落荒而逃。在一片哄堂大笑中，男护士红着脸说，你们不要笑嘛，等过二十年后她长大了，我们把她这段臭不可闻的经历说给她听，她肯定会害羞的。又说，这个臭孩子，如果没有叔叔阿姨们的帮助，没有妈妈的辛苦，她怎么能长大？

还未走出湖南，我母亲说什么也要回军团总部。卫生部拖着那么多的伤病员，还有一些舍不得扔掉的医疗设备，已经够辛苦了，她不好意思增添他们的负担。贺彪叔叔拦不住，让她把抬担架的两个兵和担架也一起带走。我母亲说，贺部长，这怎么可以呢？我离开卫生部，就是要把担架留下来抬伤病员。

父亲虽然日理万机，但见到我们回到他身边，心里还是很高兴。他知道母亲太不容易了，除了每天要背着自己的行装赶路，还得一把屎一把尿地照料我。晚上宿营时，大家睡下了，她要争分夺秒，及时把我弄脏的衣服和第二天换用的尿布洗出来。那时已经是冬天了，天阴沉沉的，洗好的衣服和尿布干不了，必须生起火来一件件烘干。做完这些事已是凌晨时分，队伍差不多又要上路了。现在我们跟着军团走，他总能搭把手。

毕竟还在月子里，母亲也有走不动的时候，她就抱着我骑在小骡马上，慢悠悠地走。父亲看见了，大惊失色，说：“蹇先生，蹇虎妈，你这样可不行！倘若骡马受惊，一摔就是两个，还是我替你抱吧。”

说着，我父亲把马并过来，俯下魁梧的身躯，从母亲手里接过襁褓，搂在左手的臂弯里，然后用右手在马屁股上重重地抽一鞭。

父亲的那匹马高大、健壮，背脊宽阔，跑起来像一片飞翔的陆地。它在驰骋中敲响的蹄音，像奔雷，像风暴，像大浪拍打着礁石。

此后几天，我父亲每天都带着我在原野上狂奔。他勒紧腰间的皮带，拉开领口，小心翼翼地把我放进他宽大的衣兜里，如同一只大袋鼠装一只小袋鼠。偎依着他那温暖的胸膛，我一声不吭，仿佛回到了母亲的肚子里，仿佛那一路上嗒嗒嗒嗒的马蹄声，依然是母亲的心跳。

没几天，就发生了那个流传甚广的故事：父亲把我弄丢了。

遗落在草丛里

母亲后来对我说，那是过贵州东南的一个山垭口，队伍的前后方突然出现了敌人。父亲意识到有落入包围的危险，他闻风而动，打马狂奔，迅速调动被挤压在山垭里的部队抢占两边的山冈。但他想不到，就在他打马狂奔时，我就像一个飞起来的包裹，从他的怀里被颠了出来，重重地落进路边的草丛里。接下来杀声四起，红军从山垭口夺路而行，没有人想到会从军团总指挥的怀里掉出一个孩子来。

我就像一个飞起来的包裹，

从他的怀里被颠了出来，

重重地落进路边的草丛里。

部队突围后，山垭复归沉寂，山风像水那样徐徐漫过来。

那串熟悉的马蹄声消失了，纯属条件反射，我从草丛里慢慢地醒过来。大概感到周围冷冰冰的，死一般寂静，我不由自主地哭起来。但我那时也累了，疲倦了，有气无力的哭声时断时续，被有一阵没一阵的风吹向远方。

落在大部队后面的几个伤病员走进了山垭，他们因为步子小，动静不大，听到我的哭声，他们机警起来。这让他们大为疑惑：这片空旷的山野人迹罕至，异常荒凉，怎么会有婴儿的哭声呢？他们循着哭声找到那片草丛，看见我脸色青紫地躺在那儿，嘴角在一阵阵抽搐，四肢已经没有蹬踏和抓挠的力气了。

伤病员们不知如何是好，他们都有伤在身，或者身染疾病，连自己都没有力气赶上大部队，怎么有能力管一个落在草丛的孩子？

“看啊，婴儿裹着红军衣服！”突然有人惊呼起来。

这个发现让众人大吃一惊。几乎在同时，伤病员们都打消了放弃我

的念头，开始考虑如何把我带走，如何帮我找到爸爸、妈妈。他们想，用红军衣服裹着的孩子，一定是红军的后代；如果他们继续赶路，任凭我躺在草丛里，不管我，用不了多久我就会被饿死或冻死，还有可能被狼吃掉。而红军的后代，红军不管谁管呢？

伤病员们走路本来就慢，抱上我这个婴儿，要频频换手，频频给我喂水和喂吃的，还要按时帮我把屎把尿，就走得更慢了。他们用了一个多小时，才翻过那个崎岖的山垭口。

太阳偏西了，几个人坐在一块岩石上休息，从大部队过去的方向忽然传来一阵急剧的马蹄声。待大家看清马上的人影，立刻都弹了起来。

山垭遭遇战后，我父亲带领部队一口气奔袭了几十里。喘口气的时候，他习惯地把手伸进口袋里掏烟斗，这时，就像触电一般，他发现怀里少了什么。是的，这时他的怀里空了，他心爱的女儿不见了！一声“糟糕”还未出口，汗珠已滚滚流淌。当即他烟不抽了，脚不歇了，带上两个警卫员，快马加鞭，十万火急地返回来寻找。

伤病员们列队向军团总指挥行军礼，父亲的马像风一样从他们的面前刮过去。这时候，父亲的心里只有孩子，只有他认定丢失我的那个山垭。伤病员们不知发生了什么事，惊愕地看着我父亲策马远去。

跑着，跑着，父亲心里一惊，下意识地勒住了缰绳。胯下的马在嘯叫中掉转身子，又往回跑。父亲跑回伤病员跟前，没头没脑地问：

“你们看见了我的孩子吗？”

伤病员们一愣，把刚捡到的襁褓茫然举起来：

“总指挥，是这个孩子吗？”

“是她！是她！”父亲从马上滚下来，如同抢夺一般把襁褓接过来，搂在怀里。掀开一看，我哼哼唧唧的，饿得把手指吮得吱吱有声。

父亲的眼睛红了，两滴泪水夺眶而出。

八十多年过去了，我至今对我的父亲和母亲仍深怀歉意。因为那是环境险恶的战争年代啊！我生得那么不是时候，养得那么不容易，扎扎

实实地成了他们割舍不下的累赘和包袱。二万五千里长征，是一段多么艰难的旅途！他们在纷至沓来的战事、饥饿、寒冷和死亡中，既要保住自己的生命，带领和跟随部队前进，又要保住我的生命。但在那么危险，那么艰苦的环境中，他们都没有把我扔掉，也没有把我随便送给一个什么人家。而我知道，与我同时期生养的孩子，死在路上的，送给路边的人家再也找不回来的，屡见不鲜。

纪念红军长征胜利80周年的时候，湖南沅陵征集到一把我父亲在建国川军当第一师师长时佩戴的指挥刀，就是我父亲在长征路上为感谢

房东对我母亲和我的关照，作为答谢礼物，忍痛送给他们的。

事情是这样的：1935 年 11 月下旬，红二、六军团渡过澧水后，在沅陵的桥梓坪停留了四天，用于休整队伍，恢复体力，筹措给养。桥梓坪是一个大村子，有好几个自然村，红二军团驻在当年叫岗柱岩、今天叫八方村的一个村子里。军团指挥部设在一个叫陈定祥的贫苦农民家。不用说，因跟随我父亲行军，我母亲和我也住在陈定祥家里。

那时，长征没多久，刚刚生产的我母亲身体虚弱，加上一路的颠簸和劳累，根本没有奶水喂我。我饿得日夜啼哭不止，连声音都哭哑了。陈定祥得知原委，果断把家里的一只正在下蛋的老母鸡杀了，炖成汤送给我母亲喝。我母亲喝下这罐鸡汤后，奶水有了很大改变，我也不再没日没夜地哭了。

我父亲被陈定祥感动，拿出一笔钱酬谢他，但他怎么也不收。而我父亲决不愿欠老百姓的账，便想到送他这把随身带着的指挥刀。父亲说，陈老倌，给你钱不收，但这把刀你一定要收下，就算替我保管吧。相信红军还会回来，到时你就凭这把刀来找我贺龙，我一定会认账。

红军长征后，陈定祥把刀埋在地下十几年，直到解放前几年，他眼看自己的身体不行了，才把刀挖出来传给后代。这一传传了五代。

另一个例子是，从贵州镇远跟随红二、六军团长征的瑞士籍传教士薄复礼，1936 年在英国出版的回忆录《上帝之手》里写到，部队占领贵州毕节后，我父亲弄来一捆德国进口毛线，请他为我织了两件毛衣，一件贴身穿的，一件小外套。我就凭着这两件毛衣，抵挡住了雪山上的狂风和寒冷。

当然，说起来，最难的还是我母亲。前面我说过，我母亲可不是粗手大脚的乡下女人，而是在长沙饱读诗书的洋学生，但她选择了革命，选择了我父亲，也便选择了遍布苦难的人生。背着刚剪断脐带的我长征，她遭受的折磨和艰辛，是其他人的两三倍。何况，她还是一个产妇，一个在月子里以虚弱的身体踏上漫漫征途的产妇。

刚出发时，我还能坐在马背上的摇篮里，让母亲拄着一根竹竿走自己的路。进入磅礴的乌蒙山，山高路险，树枝横生，她怕密密的树枝剐伤我娇嫩的皮肤，自己动手做了一个布袋，把我兜在布袋里，挂在胸前。走那样的路，连骡马都会失足跌进万丈深渊，她一个女人，胸前挂着一个四肢乱蹬、嗷嗷待哺的婴儿，需要付出多大的体力和毅力！要命的是，我三天两头生病，她沿路既要给我喂奶、洗漱，还要为我寻医、问药和煎药。

一次，我病得非常重，两三天都哭不出来，大家认为我不能活了。建国后担任粮食部副部长的陈希云叔叔看见我奄奄一息的样子，不知从哪儿寻来一块花布，交给母亲说，女孩儿爱美呢，走的时候用这块花布包她吧。听到这句话，我母亲的心里针扎一样地痛。她把花布藏了起来，用尽办法救我的命。她想，我女儿可是贺龙的命根子，只要我还有一口气，就要用胸膛把她暖过来。

万幸的是，我命大福大造化大，几天后又能哭了，让大家悬着的心放了下来。解放后，许多从长征路上走过来的叔叔阿姨见到我，都对我说，那时候他们就想听到我的哭声，只要我哭出声来，就说明我还有力量活下去；哭得越响亮，越平安无事。

我母亲在建国初期回想起这段经历，在她后来亲手烧了的回忆录中，写下了一段我什么时候想起来，什么时候都会落泪的文字：

> 到了夜晚，万籁俱静，行军一天的战友们都睡着了。我手里缝着小衣服，眼睛望着背篓内的小捷生，见她闭着小眼睛，不哭不闹，我的心就像被无数针扎似的剧痛，暗自祝愿：儿啊！你在襁褓中就与父母一起长途征战，吃够了苦头，受够了磨难，只要你平安无事，渡过难关，妈妈就是受尽了艰辛，也是心甘情愿的！无论遇到什么样的危险，我们母女俩也要相依为命，永远患难与共。

猴子把马牵走了

翻越连绵不断的雪山，没有人不精疲力竭。由于天寒衣单，空气稀薄，腹内空空，一些熟悉的面孔走着走着，便不见了。我身子单薄的二舅蹇先超，只有十六岁，还稚气未消，跟着我母亲和有孕在身的幺姨一起长征。因姐夫贺龙和萧克分别担任红二、六军团的总指挥和副总指挥，原本能受到很好的照顾。但他执意要跟着部队走，跟着他一路护送来的伤病员走，最后自己冻死在雪山上，再也没有站起来。

二舅蹇先超，

冻死在雪山上，

再也没有站起来。

有一天早晨，那是在云南境内的雪域高原，部队就要出发了，却没听见惯常的马蹄声。母亲让护送我们母女俩的红军战士老刘和老尹备马，但老刘慌慌张张地跑过来报告说："蹇大姐，不好了，我们的黑骡子和总指挥的马都不见了。"我母亲简直不相信自己的耳朵，问老刘是什么原因，有没有什么蛛丝马迹，老刘说："太怪了，我半夜起来给它们喂草料还好好的，黎明前都失踪了。刚才我报告了总指挥，他发火了，说马上去找，找不到军法处置。"

听到这话，我母亲如听到晴天霹雳，心凉了半截。因为没有了骡马，在雪山上，她可以走，但孩子怎么办？非冻死不可。

老刘去找马了，我母亲去找我父亲，只见我父亲正站在那儿吹胡子瞪眼睛。看到母亲，他故作轻松地说："蹇先生，你别急，找不到骡马我和你们一起走路。我四脚着地当马骑，也要把女儿背过去。"

幸亏是一场虚惊：中午12点钟左右，警卫营营长牵着黑骡子和父亲的马走过来。父亲转怒为喜，问警卫营长是怎么找到的。警卫营营长说，天刚蒙蒙亮，他们布置在山坡上的哨兵隐隐听见一阵马蹄声，走近了，才发现一群猴子正簇拥着骡子和马走过来，有的猴子骑在马背上，有的骑着黑骡子，人模狗样，得意洋洋的。哨兵感到稀奇，仔细一看，才认出是总指挥的马和驮蹇大姐母女俩那匹黑骡子，心想这还得了，立即打开刺刀冲上去，把骡子和马夺了回来。

父亲一阵大笑，从警卫营营长手里接过黑骡子的缰绳，亲手交给老刘，说："检查检查摇篮，看看是否还结实。今天我陪女儿一起走。"

已是夏天，高原上还刮着凛冽的风，间或飘一阵雪花。在层层叠叠低下去的群山中，索玛花像等不及似的，轰轰烈烈地开了。

索玛花就是我们南方说的杜鹃花。红二、六军团历经半年多的艰苦跋涉，从湘西启程，经过云贵高原走到了四川藏区。这里属高寒地带，奇怪的是，索玛花长得比湖南还威猛，它们不是一丛一丛地开，而是一树一树地开，一串串鲜红的花朵从高处垂下来，像一簇簇火焰。

历经半年多的艰苦跋涉，像我这样一个出发时还未满月的孩子，被父亲和母亲，还有许多叔叔阿姨背着、抱着，不时放在马背上的摇篮里摇摇晃晃地颠着，也终于像金蝉脱壳那样蜕去了每天都要捆扎的襁褓，先是自己能坐立，接着能慢慢爬行，现在又开始牙牙学语了。

部队开始往渐渐平坦的雪线下走，就像穿过地狱后，终于看见了曙光。但是，翻过雪山的官兵，此时已弹尽粮绝，形容枯槁，个个瘦得皮包骨头，仿佛马上要散架。他们互相端详劫后余生的面容，男人们头发蓬乱，胡须旺盛又肮脏，一张脸差不多被淹没了；女人们眼窝深陷，胸脯扁平，肌肤毫无血色。大家身上的衣服被风雪揉搓得皱皱巴巴的，嗓子都是哑的。

1936年6月下旬，红二、六军团与红四方面军在藏族小城甘孜胜利会师。在这里，我父亲高兴地见到了共同领导南昌起义的老战友、红军总司令朱德，同时见到了另一位南昌起义的领导人张国焘。7月1日，两支部队在甘孜喇嘛寺前席地而坐，隆重举行庆祝两军会师和红二、六军团按照中革军委的命令再次改编的大会。

在临时搭起的主席台上，作为红军两大主力的最高指挥员，我父亲和张国焘坐在了一起。张国焘向台下黑压压的人群望去，发现刚刚翻越雪山，从云贵高原进入四川的红二、六军团指战员一个个面黄肌瘦，穿得破破烂烂的，脸上掠过一丝不易察觉的轻慢。

我父亲把张国焘的表情看在眼里，低身捅了捅他的腰，对他耳语说:

“国焘啊，只讲团结，莫讲分裂。不然，小心老子打你的黑枪！”

就在这个大会上，朱德以红军总司令的名义宣读党中央的电令：红二、六军团改编为“中国工农红军第二方面军”。方面军总指挥为贺龙，政治委员为任弼时；副总指挥萧克，副政治委员关向应。

两军会师后，部队休整十天，执行新番号的红二方面军开始过草地。

往渐渐平坦的雪线下走，

就像穿过地狱后，

终于看见了曙光。

天苍苍，野茫茫

部队到达甘孜后，我母亲放下一切，背着我急匆匆地来到红六军团，看望有孕在身的幺姨蹇先佛，准备伺候她生孩子。

红二军团和红六军团自1934年10月在贵州印江县木黄镇胜利会师后，水乳交融，成了一个整体。为便于指挥和相互配合，两个军团仍保持过去的建制，我父亲贺龙和萧克继续担任红二军团和红六军团的军团长。在发起“湘西攻势”的一年多时间里，红二军团和红六军团，聚合时如一只挥洒自如的拳头，分开时如两股遥相呼应的旋风，把湘鄂川黔搅得天翻地覆。在长征路上，两个军团保持着原来的队形，灵活机动，忽前忽后，或交替掩护，或齐头并进，配合得天衣无缝。

我幺姨蹇先佛1916年出生，比我母亲小七岁。在我大舅和母亲之后，也被我外公送到长沙读书。她的性格浪漫奔放，向往自由，具有文艺范儿，读的是衡粹女子师范学校艺术系，写字画画是她的专业。

红二、六军团占领湘西永顺、桑植和慈利大片地盘后，当时只有二十六岁的红二、六军团副总指挥、红六军团军团长萧克，在我外公举行的招待红二、六军团指挥员的一次家宴上，经我父亲和任弼时、陈琮英夫妇牵线，与刚刚从省城毕业的我幺姨认识，两人一见钟情，没过多少日子，两个人在慈利县城热热闹闹地举行了一场婚礼。他们特意去县城照相馆照了浪漫的新婚照，可惜这些照片在抗战中丢失了。

幺姨是在长征路上发现自己怀孕的，部队一天天往雪山和草地上走的过程，也是她的肚子一天比一天大的过程。

知道我母亲会来陪她生孩子，幺姨给我们母女俩准备的礼物，是她节省下来的一点粮食和她亲自采来的一大把野菜。因为她肚子里的孩子越长越大，她已经省不下多少粮食给只有一个人定量的我们母女俩了。我母亲知道幺姨的预产期就在这几天，一路上，她都为这个挺着个大肚子艰难跋涉的亲妹妹提心吊胆。两姐妹一见面，我母亲告诉了幺姨那个不幸的消息：她们的弟弟、我的小舅蹇先超在翻越雪山时，因跑前跑后照顾伤员，最终累死在雪山上。这是我小舅所在师的师长卢冬生在到达甘孜后，亲口对我母亲说的。卢师长还说，他们为小舅垒了一座雪坟，在雪堆上作为墓碑，放着小舅生前戴过的那顶军帽。

没等我母亲姐妹俩从失去亲弟弟的悲伤中缓过劲来，从方面军指挥部传来了部队开拔的军号声。我母亲和幺姨心知肚明，命令是她们的丈夫、方面军总指挥和副总指挥共同下达的，一定十万火急，没有任何商量余地。即使幺姨十月怀胎，即将一朝分娩，那也只能生在半路上，走到哪儿算哪儿。

从甘孜北上，是一望无际的大草原。草地上天高地旷，荒无人烟，满目苍凉，到处是腐烂的青草，混浊的水，冒着水泡的沼泽地深不可测。因长期浸泡着各种动物的腐尸，水面呈酱紫色，漂浮着一块块铁锈色的斑痕，脚泡在水里或被杂草划破，很快会浮肿和溃烂。队伍再难以成建制地前进了，只能各自择路而行。大家水一脚，泥一脚，走走停停，行动缓慢。许多人感觉变得迟钝，发现自己像一张轻盈的纸那样在旷野上飘。

我母亲在解放后书写的长征回忆录中，为我记载了当年过草地出现在我们蹇贺两家三个女人眼里的凄凉情景：

> 我背着捷生，搀着挺起大肚子的妹妹先佛，向草原深处走去。草地中间是长着一滩滩草的沼泽，黑黑的泥更软，更稀。有一匹驮骡陷了进去，越陷越深，越挣扎越往下沉。眼看着它奄奄待毙，我们也无法施救。像这样的路，必须极其谨慎小心地前进。
>
> 同志们在行军中还要边行进边找野菜。在缺粮的时候，有些同志将脚上的牛皮鞋，头上的牛皮斗笠，统统煮着吃了！沿途看到很多同志拖着病得极其衰弱的躯体，向前缓缓行进。我与先佛、老刘、老尹、捷生五个人，此时幸好没有人患病。为了腾出手来照顾先佛，我把捷生交给老刘和老尹轮番照应，给她穿上了在乌蒙山中缝制的一件大棉袍，并在棉袍的腰上系一布带，天气晴朗时敞胸裸臂，刮风下雨时，则将棉袍扣好，

把腰带系紧，给她保暖……

天苍苍，野茫茫。第一天走了大半天，身后的甘孜看不见了，眼前的草地无边无际，根本看不到头。走到草地深处，幺姨突然“哎哟”一声，羊水破了，一时疼得失声喊叫，汗如骤雨。她是生头胎，从未经历这种撕裂般的痛疼，蹲在地上起不来了。母亲知道幺姨马上要临盆了，要她忍着点，坚持走到不远处的一座被废弃的土堡里去生。

幸好姨父萧克不敢走远，连忙走上前来帮忙。但他一个带兵打仗的大男人，哪里经历过这种事？即使是对自己的妻子，他也束手无策。

如今一个十九岁的女孩子，也就是大一的女生吧？连患个感冒都要在电话里对着父母大呼小叫。她们怎么能想象，当年我十九岁的幺姨，是怎么挺着个大肚子，穿越敌人的封锁线，一步一步向前走的？又怎样挺着个大肚子，冒着凛冽的寒风，爬雪山，过草地？之后，也就是此时此刻，她又怎么在茫茫草地上，忍着巨大的疼痛生孩子？

我母亲生过两个孩子，有经验，自然由她帮幺姨接生。她搀扶着幺姨挪到那座藏民们放羊用过的土堡，指挥姨父萧克忙前忙后。土堡历经

风吹雨打，只剩下四堵颓败的墙，到处漏风，但那也比旷野强。没有器械，没有产床，也没有水，我母亲让姨父铲来一些草皮，垫在地上，再铺上随身带的被褥，她告诉幺姨怎么用力，怎么呼气吸气。

有什么办法呢？此时此刻，人被迫还原成动物，天当房，地当床。连牛羊生仔都有避风遮雨的屋顶，幺姨却只能面对旷野的蓝天和白云。

孩子生下来了，是个男婴。到底幺姨只有十九岁，身体好，生下的表弟结实，健壮，哭声响亮。姨父喜不自禁，顺着头年打了胜仗给我取名的思路，给表弟取名萧堡生，草原上土堡里出生的意思。

生完孩子，休息了几个小时，继续上路。虚弱的幺姨感到头重脚轻，天旋地转。母亲告诉她，这是失血过多的原因，慢慢会好起来。而前路漫漫，必须抓紧时间追赶，路总是走一点少一点，落在后面就意味着死亡。再说，抬担架的士兵已累得东倒西歪，不能拖累他们。

第三天，或者第四天，姨父让幺姨骑他的马赶路，才走了两三里，幺姨一头栽了下来。亏得姨父牵着缰绳，眼疾手快，及时托住了她。从身边经过的同志们纷纷围过来，七手八脚把她抬到路边休息。

就在这时，红三军团政委杨尚昆的夫人李伯钊大姐率领红四方面军剧团从这里路过，她问我幺姨什么原因晕倒的，我姨父举起婴儿说，李大姐，我家属刚生孩子，流血过多，身体太虚弱了。李伯钊说，在草地上生孩子？我们的先佛太伟大了！又对我姨父萧克说，萧军团长，祝贺你当爸爸！接着问，是男孩还是女孩？我姨父答，是男孩。李大姐说，男孩子好啊，将来还当红军。在两个人一问一答间，她走上来慰问我幺姨，对我姨父和幺姨说，失血过多是个原因，但主要还是肚子里没有粮食，是生生给饿的，说着她摘下身上装着大约一斤大米的干粮袋，扔给我幺姨。

我幺姨说，不行不行，边说边挣开姨父的手臂，拼尽全身力气，追着李伯钊说，不行呀李大姐，过草地，粮食是每个人的命啊！

但是，李伯钊头也不回地走远了。

几天后，我们这个特殊的团队走出了草地，都活了下来。

草地边缘有个藏族小村庄，藏民们三三两两站在路边，看红军队伍一队队走过去。发现怀里抱着婴儿的幺姨那么年轻，他们非常惊奇，指着幺姨怀里白白胖胖的表弟说，大姐，你的孩子长得漂亮，太可爱了，给你十个锅盔（烧饼）卖不卖？

幺姨紧紧地搂住她儿子，搂住她在土堡里生下的小堡生，第一次显示出一个洋学生的矜持和高傲。她说，你们想让我卖孩子？开什么玩笑，给我一百个锅盔也不卖！

到了延安，我母亲姐妹俩带上她们各自背着走过长征路的孩子，去照相馆照了一合影，寄给我外公。照片上，我母亲和幺姨分别坐在两边，我和堡生弟弟紧紧挨在一起，坐中间。在几十年后的今天，这张照片在网上就能查到，因为它是唯一的。遗憾的是，在紧接着到来的抗战中，中央再次提出领导干部要把自己的孩子送走，我和堡生弟弟同时被送回湘西。我由我父亲南昌起义时的两个老部下抚养；堡生弟弟被送回慈利，由我外公抚养。可惜后来日本鬼子进攻慈利，在我外公带领家人逃难的路上，堡生弟弟死于日本飞机扔下的细菌弹，这成了幺姨的心里一生都在流血的伤口。

如今幺姨一百零三岁了，在她面前依然不能提这件事。

1937年10月，长征胜利一周年的时候，朱德总司令的夫人康克清在延安接受美国女记者尼姆·威尔斯的采访，她谈到女红军在长征路上经历的九死一生，就提到了我幺姨。康大姐说："萧克的妻子在长征途中几乎死于难产。她是在过草地时分娩的……"

尼姆·威尔斯把我幺姨写进了她的书里。

饥饿是什么滋味？

我一生中无法尽诉的饥饿，就是在草地上经历的。现在我无法形容我半岁大的时候挨饿的感觉。我母亲曾告诉我，我饿了的时候，只会哭，像头小野兽那么哭，像谁要杀了我那么哭，呜呜哇哇，怎么也哄不住。哭着，哭着，抓住她的手吃手，抓住自己的衣角吃衣角。但饥饿是共同的，没有指挥员和普通士兵之分，也没有大人和孩子之分。比如我父亲贺龙，他是整个红二方面军的总指挥，是这支部队最大的官了，也没有任何特殊化，只有平均分配的那点炒面，吃完了和参谋、马夫、警卫员们一起去挖野菜充饥。我是整个方面军带着过草地的四个孩子之一，又是总指挥的女儿，听见我天天哭号不止，许多叔叔阿姨都要分我一点口粮，我母亲坚辞不收。她说，这时的粮食就是命，不能舍了别人的命，救自己孩子的命。因为我体质差，肠胃特别脆弱，吃了野菜马上拉稀，她只能把自己的那份粮食全部给我吃，每天和老刘、老尹他们以野菜度日。

有一回，父亲自己动手给我做吃的，可是他的粮袋空了，就拿一只搪瓷缸，盛上一点清水，倒提着袋子往下抖，又团在手里反复地揉，把沾在布壁上的粉尘和钻进针脚里的颗粒都抖出来，才勉强把搪瓷缸里的清水弄浑。然后，把水放到火上去煮，去熬，直到熬成薄薄的一层糊糊。等糊糊差不多凉了，他用手指勾出来，一点一点地往我的嘴里刮。我吃得津津有味，不时叼着他的手指，狼吞虎咽地往喉咙里送。

1936年7月下旬的一天，方面军指挥部进入葛曲。这是一片丘陵地带，有山，有水，有茂密的树林，两丈多宽的葛曲河从草原中央亮晶晶地流过。休息号响了，官兵们纷纷涌到河滩上去洗脸，歇脚，或坐在河边钓鱼。我父亲是垂钓高手，他看到我饿得皮包骨头，想钓几条鱼给我熬点鱼汤喝，补补身子。

我母亲坐在离葛曲河有一段距离的山坡下，给我喂奶。但她的乳房已经干涸了，我拼命吸也吸不出几滴，有时还会吸出她的血来。她没有别的办法，一有空就让我吸几口，多少也能止住我的哭泣。

就在这时，从母亲身后的山林里传来一片轰轰隆隆的马蹄声，卷起一大片烟尘。不知谁大声喊一句："敌人的骑兵来了！"

听见喊声，我父亲机警地从河边跳了起来，看见从山上的树林里窜出一支三四百人的反动藏族骑兵，像风一样居高临下地刮过来；骑手们

高举的弯刀，寒光闪闪。我们母女俩就在山坡下，要是敌人的马队冲下来，我们不被弯刀劈死，也会被马踩死。

父亲急了，举起钓鱼竿吼道：“警卫营，把他们坚决打回去！”

乒乒乓乓的枪声响了，子弹在我们的头顶嗖嗖乱飞。母亲把我紧紧地搂在怀里，这时无论逃离还是躲避，都来不及了，只能听天由命。正在这时，她看见一个腰间挂着铜号的小号兵愣愣地站在面前不远的地方，便冲他喊道：“小同志，你吹号啊！”

小号兵满脸迷茫，说：“大姐，我们没有骑兵，吹什么号？”

“吹调兵号！用力吹！”母亲急中生智，给号兵下达命令。

小号兵明白了，他走到高处，昂首吹响了调兵号。一时间，走在路上的号兵，散落在河滩里的号兵，十几把号同时吹起来，吹的都是调兵号。嘹亮的号声在空中久久回荡，如奔涌的云，翻滚的波涛。

敌人骑兵在离我母亲和我只有几百米的地方猝然停下，不知他们是否听得懂红军的调兵号，但他们听见河滩上和山坡下号角连营，以为钻进了红军的埋伏圈，一时间被吓蒙了。随即，后队改前队，前队改后队，黑压压的一片迅速往回退，往山上他们杀出来的树林里退。

几分钟过去后，树林里静悄悄的……

说明我在草地上遭受过惊人饥饿的，还有一例：1936 年 11 月，我母亲带着我到达陕北保安，时任中央财政部部长的林伯渠伯伯赶来看我们，问我母亲缺什么。我母亲说，最艰难的日子过去了，现在我们什么也不缺。林老看见我母亲抱着我不撒手，就问孩子多大了。母亲说，长

征前十八天生的，足足一岁了，在路上过的生日。林老说：“一岁了还要抱？让她自己去玩嘛。”我母亲说：“孩子在草地上跟着大人一起挨饿，营养不良，小腿是软的，站不起来。”林老当场流泪了，招呼随员马上送了一条羊腿过来。

有了这条羊腿后，我母亲每天用小刀削一小块肉下来，拿长征路上用的那只搪瓷缸，放在火盆上煨熟炖烂，再加上一片馒头或一小碗米饭，细心地喂给我吃。

吃完林老送来的这条羊腿，我终于挣开母亲的怀抱，颤颤巍巍，自己在大地上站起来了！

正在我周岁之际，红军三大主力在甘肃会宁胜利会师了。长征一年，在这条充满险恶更充满希望的道路上，我跟着父母走了过来，没有在襁褓中死去，被许多人叹为奇迹。几个外国作家和记者，如埃德加·斯诺、索尔兹伯里，还有我前面提到的跟随红二、六军团长征的英国瑞士籍传教士薄复礼，都把我写进了他们的书里，向世界传播。我贺捷生的名字就这样传到了外国，传到了西方。

虽然我当年还是个婴儿，年幼无知，对长征不可能留下深刻记忆，但我为自己花朵初绽的生命在这条路上度过了满月、百日和周岁，感到无比地荣幸和骄傲。

痛别觅子镇

1936年10月，中国工农红军三大主力在甘肃会宁胜利会师后，经过山城堡战役，第二次国内革命战争宣告结束，中国人不打中国人的愿望得以实现。正是在这时，早已占据我国东三省的日本军队长驱直入，大有踏破长城，席卷全中国之势。当年12月12日，张学良和杨虎城在西安发动兵谏，逼迫蒋介石与共产党联手抗战，史称“西安事变”，这为国际国内各种政治力量提供了一次重新和解的机会。随后，面对共同的敌人，中国共产党提出实行国共第二次合作这个倡议得到普遍响应。

中共在派出以周恩来为首的代表团赴西安参与调停谈判的同时，命令红军主力南下支援东北军和西北军，迎接试图破坏和谈的国民党顽固势力可能发动的武力进攻。

这年冬天，我父亲贺龙率领红二方面军，从三边、环县，经庆阳、旬邑、淳化到达陕西富平、三原一带。这支征尘未洗，几个月前才结束长征，一个个骨瘦如柴，衣衫破烂，肠胃里还残留着草根和树皮的队伍，一到达目的地，战士们就把枪一架，便开始挖战壕，筑工事，投入紧张的战争准备中。

但是，仗没有打起来，似乎也没有理由再打了。因为民怨沸腾，团结对外的呼声越来越高，国共合作的趋势不可阻挡。要打，就只能掉转枪口打日本人。因而，在 1937 年的三四月间，我父亲率领红二方面军继续前移，方面军指挥部进驻陕西富平县庄里镇，红六师驻扎庄里镇西边，扼守西安至延安要道，红四师驻扎觅子镇东南。方面军属下由萧克率领的原红六军团部队，继续镇守原驻地流曲，静观其变。

当红军在山城堡准备与胡宗南打最后一仗时，我母亲接到调往红军总政治部的命令。于是，她背着我，带着老尹、老刘和那匹驮着我的马背摇篮的黑骡子继续向前走,向未来的党中央和红军总部所在地延安走。从此，我母亲离开了我父亲从湘西带到陕北的红二方面军。

在等待国共合作期间，部队多少有些人心浮动。我母亲首先看到的变化，是长征前被派到我们身边的老尹和老刘回归建制，稍带把那匹黑骡子也牵走了。他们说，我母亲在总部工作，已经用不着骡马了。

那时延安还没有保育院，我才一岁多一点儿。随着抗战形势一天天紧迫，父亲带领大部队驻守在富平庄里镇，顾不上我；母亲在红军总政治部工作，也没有更多时间和精力照顾我，只好在延安乡下找个有孩子的人家,给他们一点钱,请他们在做饭时多加一瓢水,捎带着把我也养了。

延安是个穷地方，乡下更穷，老百姓的生活过得异常简单和粗糙，勉强维持生存而已。我寄养的那户人家，男人要下地，女人既要管自己的孩子，还要做很多家务，根本管不上我。他们怕已经能到处走的我磕了，碰了，不好向我父母交代，就用一根绳子把我拴在炕上，可怜的我，拉屎，拉尿，哭泣，睡觉，都在那根绳子固定的范围里。

有一次，我父亲来延安开会，顺便到乡下来看望他的女儿，发现我被拴在绳子上，拉了撒了也没人管，弄得手上、身上到处都是。父亲一阵心酸，眼泪噼噼啪啪掉了下来。但他要带领部队迎接国共合作和即将到来的抗日战争，工作千头万绪，心里多难过也得忍着。

父亲和他的部队驻扎的富平县庄里镇，地处延安与西安的中间位置，担负拱卫延安的重任。庄里镇是富平县的第二大镇，也是一座历史文化名镇。镇内坐落着唐简陵和唐元陵两座大墓。此地因唐代名将李光弼曾在这里建立庄园而远近闻名，明洪武三年建集立镇时，直接以“庄里”命名。辛亥革命战士、著名的爱国将领胡景翼早些年在此捐资创办的立诚学校，曾吸引众多学子前来求学。解放后出任全国人大副委员长的习仲勋同志，1926年就曾在这里就读。

方面军总指挥部，也即当地老百姓说的红军司令部，驻扎在镇上大南巷北段东侧的张家大院。我父亲贺龙、任弼时、关向应、萧克、王震、周士第，这一个个大名鼎鼎的红军将领，从此在这里进进出出，谈笑风生，与镇上的老百姓朝夕相处，如鱼得水。住在延安的朱德总司令、彭德怀副总司令，常来镇里视察部队，发表抗战动员讲话。

部队进入从未有过的和平整训阶段，由红军改编为八路军的事开始与镇上的老百姓朝夕相处，如鱼得水。

被提上议事日程。在这时，任弼时、关向应、萧克和王震等几位将领同时想起了我，联名给毛泽东主席写信，提出把我也接到庄里来。他们在信上说，贺老总年过四十，就贺捷生这么一个瘦瘦弱弱的女儿，丢在延安乡下托老百姓看管；但延安的乡下太穷，卫生条件非常差，孩子吃不饱，穿不暖，太可怜了。现在部队在庄里驻训，暂不打仗，条件有了较大改善，不如把她放在贺老总身边。毛主席看到这封信，对夫人贺子珍说，去告诉大蹇（我母亲蹇先任）小蹇（萧克夫人、我幺姨蹇先佛），把贺胡子的宝贝女儿送过去。

来到延安乡下接我的是红六师政委廖汉生，他父亲早年在桑植帮助我们贺家管账，年幼的他常跑来玩，和贺家的人亲如一家。我父亲当时没有男孩，视他为己出，曾出资送他去常德读书。按辈分我该叫他大哥。廖汉生听说要把我这个小妹妹接到庄里来，主动请缨，当下带上警卫员，各骑一匹快马跑到延安。接到我以后，他把我搂在怀里，一鞭子从宝塔山下跑回庄里。

父亲从廖汉生大哥手里接过我，怕再次把我弄丢似的，把我紧紧地搂在怀里，说小姑娘，爸爸对不起你，让你小小年纪吃了那么多的苦。从父亲手里接过我的，是一个红军女战士，司令部的叔叔已指定这个会干缝纫活的大姐姐做我的保姆。

我到了庄里镇父亲的身边，在延安红军总政治部工作的母亲，也就有理由常跑来看我和我父亲了，来了又总是要多赖几天。这正合父亲的心意。那时，他嘴上不说，心里却想着再生一个男孩。

我就这样获得了在战争年代少有的家庭温馨，还有父母之爱。看见我过于瘦弱，父亲想不行，不能让孩子长成一根豆芽菜，将来嫁不出去，他便请了镇上一个远近闻名、大家叫他为“傅胖子”的老中医给我把脉看病，开方子调养。傅胖子说，我如此瘦弱，主要原因在于肠胃功能紊乱，这个他有办法。吃了傅胖子开的几副药，果然有效，我开始变得活蹦乱跳，手和脚圆滚滚的，每天与庄里的那些小屁孩混在一起，在街道上疯，在黄土地里滚。

在庄里镇，我虽然只待了短短的几个月，但后来的事实证明，这段时光在我的生命旅途中是非常珍贵的。因为，之后不久，我亲爱的父母便各奔西东，我未来的命运随着家庭的变故，也变得波谲云诡，动荡不迭。

1937 年 7 月 7 日，日寇在卢沟桥挑起事端，发动全面侵华战争，抗日战争由此全面爆发。几天后，中共中央军委主席团发布命令：红军改编为国民革命军。按照国民革命军统一编制，红二方面军与陕北红军一部改编为八路军第120师。师长由我父亲、原红二方面军总指挥贺龙担任，副师长萧克，师参谋长周士第。下属两个旅，四个团。

红军的历史至此结束，我党领导下的八路军成立了。

听说，这年的七八月份，驻扎在庄里镇的八路军第120师司令部来了两位不速之客。他们是我父亲举行南昌起义时的两个老部下，一个叫秦光远，一个叫瞿玉屏。他们从湖南千里迢迢投奔延安，要求我父亲批准他们重新归队，参加抗战。我父亲不能擅自做主，向中央军委请示报告。

秦光远是南昌起义名将，当年担任我父亲任军长的国民革命军第二十军第二师师长。在起义战斗中，他带领部队打得英勇顽强，名声大震。起义队伍在南下广东途中被打散后，他心有不甘，回到部队驻扎过的贵州铜仁和湖南沅陵继续寻找机会，试图东山再起。但是，整整十年，尽管他把夫人和孩子也迁到了沅陵，可在事业上不见起色。1937年夏天，得知长征到达陕北的中国共产党和中国工农红军，与国民党进行第二次合作，他带领以团长的身份参加南昌起义的瞿玉屏，还有他的一个亲弟弟，冲破国民党重重封锁，来到延安，再次投靠我父亲。在南昌起义中同他打过不少交道的中央军委副主席周恩来、八路军总司令朱德，知道他既能带兵，又能说会道，决定派他和瞿玉屏回湖南开展兵运工作，希望他们把湘西王陈渠珍争取过来。他们愉快地接受了这个任务。在返回湘西前，来到富平庄里镇，向我父亲辞行。

这是 1937 年 9 月初的一天，120 师已经开完抗日誓师大会，正准备东渡黄河，深入山西前线。看见我父亲和满镇上遇到的八路军官兵气宇轩昂，整装待发，秦光远和瞿玉屏既振奋又羡慕，主动提出把我带回湖南抚养。因为在这之前，他们得知我母亲已经接到了去莫斯科共产国际党校接受培训的命令，我再次成了父母放不下的包袱。

我父亲听后非常感动，说好啊，两位兄弟，这是再好不过的事了。你们知道，日本人是非常凶狠和残暴的，不好对付，上了战场就得与他们血拼到底，生死难料。你们帮我把女儿带回湘西老家抚养，我求之不得，省了我最大的牵挂。又说，孩子是我的，如果你们不嫌弃，我送给你们做女儿，跟你们谁姓都可以，但名字不能改。等她懂事了，你们要告诉她父亲是贺龙，母亲是蹇先任。

秦光远和瞿玉屏眼含泪水说，贺老总，国难当头，我们有言在先：帮您抚养女儿是我们自己提出来的，其实，也是为国家抚养女儿。即使为了她的安全需要隐姓埋名，我们也不会占为己有。等打败了日本人，只要你和我们都还活着，我们完璧归赵，还你一个漂漂亮亮的姑娘。

与他们分别那天，我父亲把一个小兜兜塞在两位老部下的行囊里，对他们说，我知道养一个孩子不容易，要吃，要穿，还有许许多多意想不到的开销；将来还要上学，用钱的地方很多。我向八路军总部申请了三年抚养费，给你们带上，你们不用和我客气。

我母亲从延安赶到庄里镇，追着我一程程往前送，一直送到西边过了石川河的那个小镇。分手时，母亲蓦然想起那个小镇的名字，顿时心如刀绞。她后来对我说，说来也是巧了，这个她与我痛苦分离的小镇，就叫觅子镇，它因东汉时期的虎牙大将铫期在此寻找失散多年的儿子而得名。虽然母亲不信迷信，但她想到我们分别的这个地方有着这么古怪的一个名字，便有一种骨肉分离的感觉，害怕这个女儿再也找不回来了。这之后，谁也不能在她面前提起觅子镇三个字。

有一种骨肉分离的感觉，

害怕这个女儿再也找不回来了。

— 2 —

洪江不相信眼泪（上）

育婴堂

离开庄里镇，我父亲那两个我后来都叫伯伯的老部下秦光远和瞿玉屏，沿着来时的路，跋山涉水，日夜兼程，轮流抱着我回湖南。当时我不足两周岁，对沿途的经历没有留下任何记忆。但我心怀恐惧，一路哭号不止，是确凿无疑的。证实这一点的，是我父亲的爱将贺炳炎叔叔，当时他在西安八路军办事处养伤，听见我的哭声，当即循声跑出来找我，这才看见我被抱在两个陌生人的怀里。秦光远和瞿玉屏对他说出了原委。贺炳炎对我父亲把一个那么小，而且带着走过了长征路的亲骨肉托交给两个老部下，表示极大的不解，当场责问我父亲说：“什么人啊，不就是打几个鬼子吗？非要弄得骨肉分离！”

贺炳炎解放后担任成都军区第一任司令员，被授予上将军衔。贺司令这段故事，是二十世纪五十年代初我被母亲从湘西找回来后，被送回重庆西南军区我父亲身边，他见到我时，亲口对我说的。

两个我叫他们伯伯的养父把我抱回湖南，秦光远首先提出由他来抚养我。理由是，他家有三个孩子，都比我大。由他抚养，我在他家既有玩伴，还能得到三个哥哥的呵护；尤其他还有个善良、勤快和性格温顺的好妻子，把我交给她，能得到亲生母亲那样的关爱和呵护。

说到妻子，瞿玉屏英雄气短，不敢与秦光远争我的抚养权。因为与秦光远家庭比起来，他可以说家有吼狮，他压根就不敢把一个陌生的才一岁多的孩子带回家，他老婆肯定会刨根问底，查祖宗三代。如果告诉她我是贺龙军长的孩子，后果更不可设想。

瞿玉屏的妻子叫杨世琰，她是四川大军阀杨森的侄女，算是大户人家出身。当年，瞿玉屏在杨森的手下当兵，杨家看中他长相魁梧，有一股英气，而且头脑灵活，做什么事都有条有理，是个既忠厚又务实的人，断定他将来肯定有前途，才同意把女儿嫁给他。杨世琰受过一定教育，长相也是不错的，瞿玉屏当时还暗自高兴，以为自己高攀了，结了婚他才叫苦不迭。原来杨世琰早早吸上了鸦片烟，把娘家都快吸败了，家里就想赶她出门，图个清静。瞿玉屏糊里糊涂娶了她，等发现她有抽鸦片的嗜好时，生米做成了熟饭，只好硬头皮过下去。南昌起义后，他被迫离开了军界，仕途从此断了；此间他在安江跟朋友一起开纱厂做生意，也没见到多大的起色。就因为这些，两个人互相感到失望和厌倦，生活过得越来越冷淡，夫妻关系也名存实亡，根本谈不上生儿育女。瞿玉屏还回整天抽大烟的妻子守着的这个家，是因为杨家树大根深，他得罪不起。

可是，我在沅陵秦光远家待了几个月，原本在庄里镇请中医傅胖子差不多治好了的肠胃病又复发了，身上越来越瘦。秦伯伯心里暗暗担心。细细分析缘由，原来他那三个分别叫大雅、大雕和大双的儿子，正是噌噌噌地长身体的时候，肚子像个无底洞，总也填不满。但他跟随我父亲任国民革命军师长的时候，刚正不阿，不忍欺压和搜刮老百姓，家里没有多少积蓄，日子过得比较贫寒，紧巴巴的；现在添上我，别说我体弱多病，需要重点照顾和喂养；难堪的是，在他三个狼吞虎咽的孩子面前，我连饭都吃不饱。秦伯伯觉得这样下去不仅对不起我，更对不起我父亲，悄悄找到回安江与朋友合伙开纱厂的瞿玉屏，说了自己的窘迫，问他愿不愿意接着当我的养父。瞿玉屏二话不说，当下跟秦光远去了他家里，把我从沅陵抱回他家所在的洪江。

中国的老派军人是非常讲究武德的，上峰有令，勠力而为，即使献出生命也在所不辞。何况我是贺龙的女儿，是他们从前敬重的官长托付给他们的一条鲜活的生命？为避免妻子的无端猜忌，瞿玉屏和秦光远想了一个主意：先把我送到洪江育婴堂，待瞿玉屏回家跟夫人做通领养孤儿的工作后，带上她一起去育婴堂把我领回家。瞿玉屏对吸鸦片成瘾的妻子说，人这一辈子总得有个一儿半女吧？否则我们死了，连个哭的人都没有。因此，他想从育婴堂领个孤儿回来。只要做妻子的能接纳我，他可以原谅她抽鸦片，也决不因为她不能生育而纳妾；还答应从此把赚来的钱交给她，由她管家。

正因为我在洪江育婴堂待了一些日子，加上我的两个养父秦光远和瞿玉屏没有活到新中国建立，不可能出面帮我澄清事实，所以，建国初期和“文革”前后，洪江的一些文人道听途说，添油加醋，编造了我的离奇身世。比如说我曾经流落上海街头，抗战时期，随大量逃难的人从上海漂泊到洪江，这显然把毛主席三个儿子的经历移花接木到我的身上，还有的把我父亲早逝的原配徐月姑妈妈生养的贺金莲姐姐的遭遇，当成我的遭遇，等等。在此，我要郑重地说一句，其实，我的童年与上海没有任何关系，至少没有任何直接关系。

另一个事实是，当瞿玉屏带着妻子杨世琰去洪江育婴堂领养我的时候，我已经在那里昏天黑地地煎熬了几十天。从那个年代过来的人都知道，育婴堂实为弃婴堂。特别是战争时期，遗弃在育婴堂的孩子，不仅都是孤儿，而且大部分缺胳膊少腿。孩子生活在育婴堂，差不多就是生活在人间地狱了。他们孤独，恐惧，饥饿，受尽虐待，身上长满虱子，伤口在流脓流血，连哭都不允许，谁哭谁就要受到惩罚。

瞿玉屏去育婴堂领回来的那个孩子，又黑又瘦，脸上和手上都是黑泥，眼睛黯然神伤，满是惊悸和恐惧，嗓子哭得已经发不出声音来。

这时候的我，悲惨，可怜，已经被摧残得不像个人样了。

宝庆馆里一棵草

我不知道如今已经成为湖南怀化市洪江区的老洪江区域，是否还保留了一些老城区、老建筑。如果洪江区多少保留了一些老城区、老建筑，又是否保留了那条让我耿耿于怀念念不忘的塘陀巷？如果塘陀巷还在，是否还能找到巷子里的那座我曾在里面度过了几年童年时光的宝庆馆？如果宝庆馆能在过去八十多年中的战乱、反反复复的政治运动和近些年大潮般涌来的拆迁与改建中幸存下来，那么，这座院子原有的蔡公祠，是否还安好？不过，说实话，对这一个个的假设，我是不敢抱指望的。

因为，我前些年回过洪江，在朋友们的陪同下苦苦寻找过，可是，我连塘陀巷、宝庆馆和蔡公祠的影子都没有找到。

八十多年前，我的养父瞿玉屏和养母杨世琰，就是用洪江塘陀巷宝庆馆那个有着蔡公祠的大院子，收留的我。虽然，当我的养父瞿玉屏和养母杨世琰放着鞭炮，办着酒席，从育婴堂披红挂绿地把我抱进这座院子时，我已经是个两周岁的人了，但一个两周岁的人又懂得什么呢？尽管那是一座很有名，一定能在当地的史志上查询到的院子。

别以为湘西是一片荒蛮之地，即使八十年前的湘西，也是很开放的，至少它有两个很开放的小城，一个是出过沈从文的凤凰，另一个就是洪江了。两者相比较，人们说凤凰是小家碧玉，洪江是豪门闺秀。

洪江对很多人来说是陌生的，至今依然很陌生，殊不知它在几十年前就很繁华了，可说是一座奢靡之城，销金之城。城里衙门、寺庙、钱庄、洋行、会馆、报馆、油号、票号、店铺、客栈、青楼、茶楼……这些只有在老上海才能见到的景观，在这里样样都有，且星罗棋布。由渠水、巫水和潕水汇聚而成的沅水，江宽水阔，像一条巨大的臂弯把这座小城紧紧地抱在怀里。从城里往江边走几步路，就可以看到沿岸排开的几十个码头。江面上帆樯林立，百舸争流，被沈从文称为“巨无霸”的洪江油船，就像一座座破浪而行的城楼，要多气派有多气派。沈从文当年曾这样描述：这些油船均为方头高尾，金碧辉煌，“下行可载三四千桶桐油，上行可载两千件棉花，或一票食盐。用橹手二十六人到四十人，用纤手三十到六七十人”。

那时，抗战正值紧要关头，湖南是全国的后方，而湘、鄂、黔、川、桂“五省通衢”的洪江，就是中国后方的后方了，各色人等，尤其是各路达官贵人蜂拥而至，一时人满为患。有人统计过，当时有二十多个省市和外国的商人纷纷赶来洪江经商开店，做木材、桐油和供达官阔佬们吃喝玩乐的生意。小小一座弹丸之城，原住民不到四万，但据二十世纪三十年代资料统计，竟拥有 15 家钱庄、7 家银行、17 家报社、8 大油号、19 大会馆、44 个经商码头、30 多家烟馆、40 多家妓院，仅商贾就达 1300 人；货币流通量居湖南第二位，仅次于省会长沙，是湘西政治、经济和文化中心，当时就有“小南京”和“小重庆”之说。

在我小小年纪的心中留下最深记忆的，是天空中每天都有隆隆作响的飞机呼啸而过，发出震天动地的声音，与大地上的万家喧嚷、声色犬马，构成一派奇特的图景。因为国民党重要的芷江空军基地，离这里只有四十多公里的距离，基地驻着名声远扬的陈纳德飞虎队。飞过洪江上空的飞机，要么是中国空军飞去轰炸日本人，要么是日本人的飞机前来侦察和轰炸，还不时扔下一串串炸弹。不绝于耳的马达声和爆炸声预示着战争离这里越来越近，让人们惶惶不可终日。

洪江的另一大景观，就是拥有无数个气派非凡但深藏在街巷里的院子。这些院子不论大小，都有非常雅致和好听的名字，比如荷风院、临江轩、听雨坞什么的。院名都是用暗红色的石料，或者用经过特殊处理的糯米浆和洋灰，雕塑在院门的上方，美观雅致，古色古香。也有用上等的独块樟木板刻成匾额悬挂上去的，多为颜体和柳体，苍劲有力，显示院子里山高水深，藏龙卧虎，住着一些有身份的体面人。

这样的院子，洪江每条街道都有。比较繁盛的几条街，几乎是院子连着院子。你如果得到允许，跟着主人往院子里走，肯定会有山重水复的感觉，进而发出“庭院深深深几许”的感叹。因为院子里曲径通幽，气象万千，有花园、天井、假山、水榭，有的还有戏台。但是，最多的还是当地俗称的“窨子屋”，它们都是按“井”字形排列，多为两进两层，或两进三层，一律青瓦粉墙，雕梁画栋，苔藓苍苍。由于院子和院子挨得太近，相互挡住了阳光，这在多雨又潮湿的湘西，往往会因为采光不好而显得阴沉沉的，因而每栋窨子屋都有一座高出屋顶许多的晒楼，几十年后，仍作为以一个区并入怀化市的洪江旧城中的一景。这种状如山间凉亭的建筑，既可以登高望远，又可以晾衣晒被。天热的时候，还可以摇一把蒲扇，坐上去乘凉。

养父家在塘陀巷不知道是买下来还是租下来的那座有着蔡公祠的大院，很大，很空旷。我这样一个与其格格不入，身体瘦弱的小不点生活在其中，是那样的微不足道，就像昆仑山上的一棵草。

大院共三进，每一进都有长满青苔的天井，和两个一整面雕花的厢房。进院子的一进当办公和会客用；养父、养母和我，还有养父从老家永顺带出来帮忙做家务的一母二子三个亲戚，住在中间一进。最里面一进，高大气派，雕梁画栋，屋檐下挂着一块匾，那就是基本上被人们遗忘的“蔡公祠”了。祠堂的正厅，有宝相森严的蔡伦塑像。在战前，洪江蔡伦造纸工会就设在这里。但战争打破了人们的正常生活秩序，也让人们淡忘了神的存在，寂寞的蔡伦塑像凄凉地挂满了蛛网。

从种种遗迹看，蔡伦工会先前还真在两边的厢房里造过纸，里面有垒得很大很高的灶台，灶台边是一个黑咕隆咚的水井，深不可测。但那口井早就被造纸污染了，加上天长日久，人们往井里扔下去许多脏东西，比如死猫死狗，井里的水根本不能喝了。可废弃的井没有被封住，也没有井盖，因此养父反复交代养母和在家帮佣的寡妇亲戚，决不能让孩子们去井边玩耍，打闹，尤其不能让我靠近那口井。

院子里的井水不能喝，家里用水怎么解决呢？只能买。这是洪江当时很特别、也很有意思的一项生活内容：市民们沿着绕城而过的沅水居住，江边有几十个一路低下去，像窄巷子那样通向江边的码头。平时洗衣服，洗菜，主妇们都是挎一个篮子，到江边去享受清水洗尘的便捷和快乐。但家里的饮用水，至少住着深宅大院的那些富足人家，一般都要雇人从井里挑水，以至当地形成了一种专门挑水卖的职业。

给养父家挑水的，是一个五十多岁的老倌，姓姚，我们叫他姚公公。那是个豁达，乐观，非常喜欢说笑的人，口袋里常常放一两颗糖，那是特意给我准备的，没有帮佣的寡妇亲戚那两个孩子的份。正因为如此，我常常遭到那两个孩子的忌妒，有时他们联合起来欺负我，抢我的糖。这种事如果被养父看到了，他们就要倒大霉了，因为养父会拧着他们的耳朵说，捷生的糖你们也敢抢，晓不晓得你们两个人的命加起来，也抵不上她一条命！养母和寡妇亲戚不明白养父为什么这样护着我，这样护着一个从育婴堂抱回来的孩子，都用奇怪的眼神看着他。

有一种说法，挑水的姚公公是共产党的地下工作者，是组织上派来与养父接头的。对此，我取存疑态度。虽然姚公公每次挑水来，养父要是在家，都会多给他一些钱，这是我亲眼看到过的，但这些钱是不是养父转给组织的经费，跟我父亲和有关方面有没有关系，我就不能肯定了。后来，我经过调查和阅读洪江的大量史料发现，当时洪江确实有共产党的地下组织，还有一个女共产党员被她的亲哥哥举报后，遭到反动当局残忍杀害。但是，挑水的姚公公是否与他们有联系，是否就是这个党组织的人，我没有证据，继续持存疑态度。

是的，我就这样被寄养在了洪江瞿玉屏养父的家里。好在那时候没有报户口一说，也就不存在马上跟养父姓的问题。养父多少有些张扬地把我从育婴堂抱回来，就是要告诉街坊和亲戚，我是个在战争中被遗弃的孩子，从此就是他的女儿了。而我隐姓埋名是必须的，因为我父亲从刀劈芭茅溪盐局起家，到南昌起义后重新拉起一支队伍，在湘西战斗多年，杀了多少土豪劣绅！红军长征后，那些躲藏的土豪劣绅，还有一些被杀了的土豪劣绅的家人，都回来了，要是他们知道贺龙的女儿贺捷生被寄养在湘西，我就是有十条命，也不够他们报复的。

远方的眼睛

我来到塘陀巷宝庆馆瞿家之后，在安江开纱厂的养父，一改长年累月待在厂里的习惯，变得更愿意回家了。他是害怕我孤单，也害怕他家的寡妇亲戚带来的两个孩子看不惯我处处受到呵护而欺负我，更怕整天懒洋洋，除了抽大烟就是睡大觉的养母冷落我，嫌弃我，把我当成多余的人。其实，养母还是有眼力的，她知道养父对我放心不下，但他能经常回家，并且按照他们私下的约定，把赚到的钱交给她，让她掌管全部的家用，她还是有一种当家做主的荣耀；对我，也多少有了点爱心；我冷了，饿了，伤风感冒了，她还能像长辈那样过问和体恤。

养父要养活一大家人，还想让大家过得好一点，让养母抽得起大烟，不能不去赚钱。想到他不在家的时候，我那么小的一个人，却形单影只，他特意从安江带回来一条小狗，让它陪我玩。那条小狗长着一个细致而灵巧的鼻子，浑身的毛如绸缎般滑溜，两只善良的眼睛水汪汪的，好像随时在为我流泪，随时要对我开口说话。我每天把它抱在怀里，一会儿叫它宝贝，一会儿叫它乖乖，它总会温顺地抬起头来，痴痴地望着我，用它特有的语言跟我说话，或用湿湿的舌头舔我几下。

我这一辈子喜欢狗狗，离不开狗狗，就是从那个时候开始的。因为在我最需要伙伴的时候，是这条小狗陪伴我。我们在一起玩，一起睡，一起吃养父单独给我买回来的各种小零食。谁病了，谁受了委屈心情不好，彼此都会忠实地守在对方的身边，相互抚摸和安慰。

睡在我自己那间狭小的屋子里，无论太阳升得多高，窗外养父那个寡妇亲戚的两个孩子吵得多厉害，我都不敢轻易起床，怕弄出响声惊动睡在外间的养母。每当这个时候，小狗都会蹦上床来，舔我的手，舔我的脸，然后咬着我的衣角或裤腿，往床下拖。

那么一点大的小狗，怎么拖得动我呢？不过它也有办法，马上改用低低的叫唤。这时我会立刻坐起来，竖起一根手指对它说，嘘，别叫了，我起来还不行吗？然后用手指指外间，说，如果吵醒姆妈，我们都会挨骂的。接着便躬身下床，拎起那双露出脚趾的小布鞋，和小狗一道鬼鬼祟祟地溜出去。但这时养母在睡梦中的嘀咕声也就追上来了，说，小东西，别跟着两个大的去巷子里玩，人贩子都带着大口袋呢，到时把你装了去，我可不去找你——所以，从那个时候我就知道，抽大烟的人永远都处在半梦半醒之中，一点点动静都听得出来。

这时候，我总是回答养母说，我晓得，我和小狗狗只在院子里玩。然后便趿上鞋，把小狗狗抱在怀里，轻手轻脚地走过厅堂，走过天井，来到蔡公祠前面的开阔地上，或某片树荫下，和小狗一起打打闹闹。

一天，那是我长到六七岁的一天，大院门口响起了一串清脆的自行车铃铛声。那时因我渐渐长大了，对养母表现出了足够的恭顺，她对我看得不那么紧了。我听见自行车铃声，跑到大门口想看个究竟，原来是邮差来了。看见门缝里冒出个梳小辫的人头，邮差叔叔和蔼可亲地说，小姑娘，叫你的爸爸妈妈拿图章来，领邮包。养母正躺在烟榻上过烟瘾，她美美地吐出一大口烟，乜一眼我踮起脚递给她的单子，冷冷地说：这是寄给你的东西，你自己去领吧，领了自己收起来。

我记得很清楚，从养父家沿着下雨天脚上也不会沾上泥的塘陀巷走四五百步，就到邮局了。它与附近的米店、布店和散发出浓重酱油味的杂货店没有什么区别，开店和关门，也是一块块地卸门板，上门板。与别的店铺略有不同的，是邮局屋角的那根被风雨剥蚀得露出凹凸条纹的木柱子上，挂着一个很大的墨绿色铁皮邮箱。更不同的，是在邮局门口，总有一两个瘦骨伶仃，鼻梁上架着的眼镜因折断了一条腿而用线绳代替的老先生，面前摆一张小方桌，每天都低着头，为从上海、南京、杭州等大城市逃难来的那些不识字的人写书信。

那时候，我在洪江待了好几年了，在生活上，比如穿衣服啊，梳头啊，偶尔去小街上买点盐，打个酱油啊，都能自己做了。但六七岁的人到底还是一个孩子，我猜不出谁给我寄这些东西。在人们的印象里，收信和寄信，还有给远方的亲人邮东西，那都是成年人的事，我怎么也有这等好事？我从邮差的手里接过包裹，回到自己的房间，急不可待地打开一看，都是些常用的生活小物品，有小鞋子、小袜子、小手套什么的。在床上摊开这些东西，我既高兴，又有点沮丧。你想啊，我已经是一个长得比桌子还高的小女孩了，都有自己的好朋友了，给我寄东西的人却如此粗心，为什么不寄一点好看的，好玩的，好吃的？

此后，每隔一两个月，门口就会响起邮差叔叔丁零零的车铃声。当时我还没有上学，不识字，不知道这些邮包是从哪里寄来的，也不知道谁给我寄这些邮包。但邮局经常来送邮包，让我孤单的生活有了盼头，就像平静的湖面，突然翻起一朵美丽的浪花。

在一次次收到的邮包里，最多的，是小衣服。后来，寄东西的人像猜出了我的心思，有时也寄一些给我解馋的糖果，和用旧了但洗得很干净的布娃娃。奇怪的是，每次收到的衣服，都是用黄军装改小的；更奇怪的是，每次收到衣服，养父都要我穿在身上，带我去照相馆照相。我至今还保留当年的两张照片，一张穿着小八路的衣服，束着皮带，骑在木马上；一张穿着截短了但露出密密麻麻针脚的军大衣。

许多年后我才知道，远方那双经常通过寄东西而密切关注我的眼睛，是我亲爱的母亲的。她 1941 年从莫斯科经新疆霍尔果斯口岸回国，参加伟大的抗日战争，但被新疆军阀盛世才无端扣押了近一年，才在我父亲的严正交涉下，释放回延安。当我们的八路军和新四军在严酷的战争中站稳了脚跟，建立了稳固的根据地时，她立即通过国共合作建立的邮

路，与我养父瞿玉屏取得联系，不断询问我的情况。我父亲也没有忘记我，总是想方设法给我送来关怀，有些邮包是他特地交代上海地下党的同志给我寄的。就是在上海寄来的包裹里，我吃到了内地孩子绝少吃到的饼干和奶糖。但养父从来不告诉我，这些邮包是我父母寄来的，我猜想他是不想打破我多少年来已经形成习惯的宁静，因为我马上就要读书接受教育了，而这是国统区，让我这样一个不懂事的孩子知道自己是共产党著名将领贺龙的女儿，是一件很危险的事。至于他怎么对我养母解释这些邮包，我就不知道了。

有一年，从春天到冬天，我都没有收到邮包，心里空落落的，好像丢了什么。在这种情况下，我日有所思，夜有所想，不知不觉走出了宝庆馆大院，走到了附近那家邮局。我踮起脚问在柜台上值班的人说：阿姨，有我的邮包吗？我好久没有收到邮包了。叔叔阿姨们像见到一个小怪物，纷纷围过来，七嘴八舌地问：你就是经常收到邮包的那个小姑娘啊？你可真有本事,是谁给你寄那么多东西呀？我不知道怎么回答他们，吓得就要哭出来。这时，经常来我家送邮包的那个邮差叔叔挤了进来，蹲下身子，用巨大的手拍着我的肩膀说，莫哭孩子，这段时间真的没有你的邮包。接着，他从人群里把我拉出来，推出他的自行车，让我坐在保险杠上，一路摇着铃铛，把送我回家。

长到七八岁，养父请一个私塾先生给我发蒙读书。同时，我因长成了一个小姑娘，不知不觉有了爱美之心，渴望像我的小伙伴红莲一样，也能穿上花衣服。红莲的爸爸在邮局工作，就是经常来我家送邮包那个邮差叔叔。原来，她家和我家住在同一条街上，走几步路就是邮局。有一次，我看见红莲坐在邮局门前的台阶上，玩一卷细长细长的电报纸，很是羡慕。红莲看出我眼里的意思，说，你也想玩是吧？那你得用东西给我换。刚好在我收到的新邮包里有几个子弹壳，黄灿灿的，贴着嘴唇可以吹出呜呜响的声音。我送红莲一个，她送我一卷电报纸。我们两个肩并肩地坐在那儿，各得其所，玩得很开心。

有一天，和蔼可亲的养父回来了。奇怪的是，他一到家，就走进我的房间，掩上门，严肃地说："捷生，听说你经常和街上的孩子在一起玩，还一个人往邮局跑，去问是否有你的邮包？现在一条街上的人都在议论我们家多了一个女孩子。你知不知道，这样太危险了！"

我被养父吓坏了，不知道自己犯了多大的错，再也不敢出门了。

鸿蒙初开

应该是1941年或者1942年，养父见我长到了六七岁，该发蒙了，把我送到塘陀巷宝庆馆附近的一所小学读书。当时抗战正进入针尖对麦芒的相峙阶段，日军试图摧毁国民党军在空中的最后一点还手力，一架架零式飞机，频频飞来轰炸与洪江近在咫尺的芷江机场。听见不时传来轰轰隆隆的爆炸声，大家都担心炸弹会落在人群稠密的地方，许多有钱人的孩子都不敢往学校送了。养父心里暗暗矛盾：他想送我去公立学校读书，一来担心我暴露身份，遭遇不测；二来学校学生多，动静大，很容易成为日本飞机轰炸的目标。其次是，我到了求学的年龄，如果不按时受教育，怕误我终生，将来不好向我父母交代。怎么办呢？他考虑再三，决定请一个老先生单独教我。

此时，我的第一个养父，1937年与瞿玉屏一起去延安找过朱德、周恩来和我父亲，要求重返军队参加抗战的秦光远，已不幸去世了。有人说他是病死的，有人说他接受了延安的秘密指令，正在做争取陈渠珍的工作时，被特务暗下毒手。而我现在的养父，瞿玉屏，继续以经商作掩护，在洪江、乾州、凤凰等地从事统战和兵运工作。虽然他和秦光远都不是中共党员，但在民族危亡关头，奔流在他们血管的那腔军人的血，同样在燃烧。

养父瞿玉屏一直做棉纱生意，对洪江出货量最大的木材和桐油生意也很感兴趣，与家住在沅水江边一个姓刘的木材商常有来往。刘姓木材商租住在江边一座老宅子里，他在那儿临街开店铺，把后院多出来的几间厢房，让给了一对从外地逃难来的父女。那对父女，父亲是个老先生，足不出户，全凭教人读书写字度日；女儿老实本分，在父亲的影响下略通文墨，是个很有教养的姑娘。养父在与刘姓木材商的交往中，捎带认识了这对父女。看到父女俩生活不容易，以后再去刘家大院，他都会带点东西接济他们。有了这种情谊，养父想，先请老先生给我讲讲书，说说故事，这样既能保证我的安全，又能让我认几个字。

养父在安江与朋友合伙开公司，既管生产，也管销售。但无论事务多忙，他十天半个月都会回洪江一次，给我带来父爱和家的温暖。

送我去江边大院向那位老先生拜师那天，养父一大早起来，领着我从塘陀巷宝庆馆穿过小城，呼哧呼哧地往江边走。出于对老先生的敬重，养父不能让老先生看出请他教我只是权宜之计，他按照当地的习俗，左手拎一大扇肉，右手提一只沉甸甸的篮子，篮子里装着糕点、水果和给老先生定做的一双新鞋子，还有一只鸡。沿路上，那只鸡不断地从盖着篮子的一块红布下探出头来，咯咯咯地叫。本来还要办拜师酒，当众签字画押，意思是我把孩子交给你了，只要让孩子学业有成，要打要骂随你。可老先生推说身体不便，不需要办酒席。养父说，酒席不办就不办吧，但其他的不能免。

没有办正规的拜师酒，但见到老先生，跪还是要下的，头也是要磕的。那时我什么也不懂，当养父喊我跪下的时候，我不知道这是礼仪，迟疑地望着他。老先生坐在太师椅子上说，这么小的孩子，免了吧，免

唧唧复唧唧，

木兰当户织。

了吧。可养父没有迁就我，还是让我跪。他对老先生说，酒席免了，当众拜师也免了，这跪拜不能免。一日为师，终身为父啊！说完，他自己也跪在老先生面前，说老先生，孩子瘦弱，胆子又小，现在我把她交给你了，请你老多费心。然后把头磕在地上，咚的一声响。

那时候，我真是太小了，太不懂这个世界的灯红酒绿了。虽然在襁褓里跟着父母从二万五千里长征路上走过来，又在父亲带领八路军120师东渡黄河之前，被两个养父隐姓埋名地抱回湘西抚养，这种经历可说没有第二个，但我根本不知道我的亲生父母是多么伟大，多么重要的人，也不知道自己的存在对他们意味着什么，更不知道人间冷暖，世态炎凉。但养父知道这些，因此对我倍加呵护，就像当今城里的那些父母对待自己的独生子女，捧在手里怕化了，张开手掌又怕被风吹走了。那种关爱和疼惜，那种既怕委屈我又怕耽误我的小心谨慎，不是我在宝庆馆附近那所学校报名时，开始跟着他姓瞿就能换来的。

谁都能理解，贺龙的女儿跟着他一个老部下暂时姓瞿，纯粹为了掩人耳目。正因如此，我虽然以抱养的孩子出现在瞿玉屏家里，和他说来是父女关系，但他并不强求我叫他爸爸，而是由着我的兴致，叫他伯伯。去学校报名时，老师感到奇怪，说，自己的女儿为什么不叫爸爸？养父说，他在庙里请和尚算过一卦，说我们父女相克，所以不叫爸爸，叫伯伯。

毕竟在塘陀巷宝庆馆那座独门独院待久了，长期不与外人接触，我第一次走进刘家大院时，心里莫名胆怯，有一种走进庙堂的感觉。院子很深，光线很不好，又很潮湿。未进院子时我抬头望去，只见屋子两边的檐角上，漆黑的瓦楞间，都长着嫩绿的青草。路过天井时，我感到脚下软软的，如同踩在松软的地毯上，原来从地面至墙根蔓着淡淡的一片青苔。墙壁靠近地面的几路砖，因受到潮气侵蚀，有好些地方结着白霜般的一层硝盐。正是梅雨季节，天井上方不时落下一串檐滴，刺溜声中，沟里油绿的水面迅速冒出几个水泡。人在昏暗的屋子里走，脚步声和咳嗽声会把自己吓一跳。

老先生已经风烛残年，半边偏瘫，不大的一个头老在僵硬地晃动，太阳穴两边各贴着一块黝黑的膏药，像极了我以后在黑白电影中看到的那些脸色阴沉的老掌柜。他的眼睛也不好，看东西非常吃力，常常鼻子碰上了才发现有异物，慌忙后仰。他坐在后院厅堂的桌案边，若有若无的身子就像融化在了阴影里，需要好些时间才能看清是个人。

厅堂正面的墙上挂着一幅中堂，上书“天地君亲师”几个柳体大字；

两边有副对联，字迹潦草，我进来时不认识，离开时还不认识。两根黑柱子中间的供案上，放着香炉、供品和几块老人的瓷板画像。画像里画着的都是死去的人，目光诡异，看一眼汗毛都会竖起来。

老先生是碍着养父的面子，才答应收我这个学生的。他哪天给我上课，也必须视养父是否在洪江而定。养父告诉老先生，我每次去上课，他都要亲自送，亲自接。他有事在公司回不来，这课就不上了。老先生教我的东西，也不是通常的“四书五经”，或者《千字文》《百家姓》《增广贤文》什么的，而是自选课程，并不与公立学校衔接。

这跟当时洪江的开化程度有关，也跟我和别的孩子不一样有关。

至今人们还感到陌生的洪江，虽然不是个大地方，但随着它在抗战中成为远近闻名的一座商业重镇，教育也变得繁荣和别具一格起来。最明显的，是如同钱锺书在流行甚广的小说《围城》中写到的，一些从英美野鸡大学混了张假文凭回国的文化人，流落到这座小城。他们混在各色人群中，不是给小报当记者，就是去教书。

可能是受到外地文化人的冲击，加上自身的陈腐难以被他人接受，老先生已处在冷落之中。他之所以犹豫再三才勉强答应收我，既有抹不开情面的因素，也因为他担心教不好我。当养父把我送到他面前时，他都不知道该教我什么。

养父对老先生说，你就给孩子讲讲故事，教她精忠报国吧。因为当时正值全民抗战，我爸爸、妈妈都在前线打日本人，养父自己也是军人出身，因此他未经考虑，就为我选定了课程。事后我想，他肯定是出于对我父母的尊重，希望他们的女儿从小有报国意识。

老先生“哦”了一声，既不感到奇怪，也不觉得为难，就说好吧，今天算是见了我，收了这个学生，下次来正式上课。

再次坐在老先生面前，他开始教我《孔雀东南飞》《木兰辞》和岳飞的《满江红》。还有一篇《硕鼠》，当时我并不知道这首诗来自《诗经》，只当他是逗我玩的。我至今还记得老先生翻来覆去地对我念叨：大老鼠，大老鼠，别吃我家的苞谷；大老鼠，大老鼠，别吃我家的麦子；大老鼠，大老鼠，别吃我家的禾苗。后来我才知道，老先生是在借古讽今，骂国民党腐败。

单独面对老先生，我如坐针毡，心里七上八下的，眼睛怕看又忍不住往厅堂正中的供案上看。看着看着，瓷板画像里的人动了起来，阴森森的，吓得我连气都不敢喘。老先生拿起桌上的戒尺，笃笃笃笃地敲打桌面，说，看么子看？把心用在书里，再看我打你的手心！

我更不敢看老先生那张冷冷的脸，觉得他是一个很不真实、很遥远的人，如同刚刚从瓷板画像上走下来的。或者说，瓷板上那些人的表情，脸上纵横交错的皱纹，总耷拉下来的眼皮，是照着他的样子画的。老先生乜我一眼，让我坐得离他近一些，我的身子却不听使唤地往后缩。他又不满意了，说，躲什么躲，你看我像只老虎吗？

"知道花木兰这个人吗？那是一个巾帼不让须眉的烈女子，《木兰辞》就是写她的。"老先生给我讲花木兰替父从军的故事，先摇头晃脑地把《木兰辞》朗读了一遍，再让我跟着他读。其实，说读是不准确的，应该是唱，是吟，是一咏三叹。老先生朗读的时候，眯着眼，如醉如痴，他嘴里发出的朗读声像山峦般颠连起伏，又像流水般去意徊徨，根本听不清词句。我那时小，在学校读那几天书，也没有接触古文，更没有接触过古诗词，哪里听得懂他在读什么？我一句也听不清，只能傻傻地望着他。

“望我做么子？望书！”老先生又用戒尺敲桌子。敲完他把手里的书递给我，让我照本宣科。书是那种纸页发黄的线装书，竖排，没有标点符号。我连字都不认识几个，哪里读得下来？

幸好老先生的女儿也在厅堂里坐着，她每天和父亲形影不离，不是在一旁缝缝补补，就是蹲在天井边洗衣服。只是动作极轻，极轻，像害怕打破瓷器那般害怕打破屋里教书和读书的气氛。久了我才知道，老先生行动不便，离开椅子进卧房、上厕所，抑或出去走走，都得由女儿搀扶。他和女儿相依为命，离开她，几乎寸步难行。

也亏得有老先生的女儿在座，待在宽大昏暗的厅堂里，我才不会感到太紧张和太寂寞。每次养父把我送到老先生面前，转身离开时，或遭到老先生训斥时，我都求救似的望着这位姐姐，祈求她总坐在那儿，别把我丢下。

想不起来她是姓兰，还是名字里有个兰字，养父让我叫老先生的女儿兰姐，我就一直这么“兰姐、兰姐”地叫她。

兰姐二十八九岁的样子，性情温和，像平静中流淌的一泓溪水，细声细语。她两只手白白的，软软的，有那么点书香门第女儿的模样，却没有书香门第女儿的命；长得不算好看，也不难看，但她身体匀称，健壮，头发梳得纹丝不乱；常年穿着的那件蓝印花布上衣，把她青春勃发的身体撑得凹凸有致。不知她跟随老父亲从长沙还是从常德流落于此，说来也是潇潇湘女，可一点儿也看不出潇潇湘女的那种刚烈和热辣。只是以后遇到了事情，才慢慢看出来，在她温婉并波澜不惊的眼眸里，也深藏着三湘女子的坚忍和倔强。但让我感到奇怪的是，依她当时的年纪，用现在话说，早就是个剩女，而且是个老剩女了，却从未嫁人，不知道是被战乱耽误了，还是被她的父亲给拖累的。

老先生见我年纪太小，程度又浅，有些失望，也有些无奈，束手无策中，一个哈欠上来，眼睛便睁不开了。接着他咕哝一声，趴在桌子上睡着了，喉咙里发出嗞儿嗞儿的哨音。

我两眼茫然，坐在一旁的兰姐抬起头对我笑笑，马上放下手里的针线活，轻手轻脚地走到我身边，打着耳语对我说，小妹妹，别见怪啊，老人家年纪大了，盯不住，先让他睡一会儿吧，接下来我教你习字。她很熟练地从靠墙的一张桌子上取过毛笔和砚台，放在我面前，俯身捉住我的手，让我对照书里的繁体字，一笔一画地往纸上写。

那些纸不是那个年代常用的九宫格，而是老先生教人写字时用过的废报纸。我在这种写过字的纸上照葫芦画瓢。不用说，我写得极费劲，兰姐捉住我的手时还好些，一旦松开，那字便写得天上一笔，地上一笔。繁体字的笔画实在太多了，结构又那么复杂，我怎么用心写也写不好，总是笔画叠笔画，有的简直不成字，像鬼画符。

兰姐也不着急，她很有耐心地端正我的坐姿，教我如何运笔，如何把握每个字的结构。对那些复杂难写的字，她让我停下笔，伸出手掌，在我的掌心里一撇一捺地写一遍，再让我练习。由于不得要领，我心里无端地紧张，几个字写下来，已是满头大汗，她早准备了一条手巾，帮我擦去额角和脸颊上的汗珠。

从这个时候开始，兰姐和我走得越来越近，越来越亲昵起来。因她手把手地教我写字，我们两个人的身子挨得特别紧，近得能听见她的呼吸声，闻得到她身上的体味。但她是这样温和，这样善解人意，在她面前，我渐渐地有一种回到亲人怀抱的感觉。到后来，我叫她兰姐时，就像叫自己的亲姐姐。虽然我同父异母的亲姐姐贺金莲，还有母亲在湘西打游击时生下的小姐姐红红，早就不在人世了，而且我与她们从未谋面，但如果她们活着，我想，我也是用这种语气叫她们吧。

呀！小妹妹，你头上怎么长虱子了？有一天，俯身站在我身后的兰姐，突然失声叫道。说着，她松开我的手，贴近我的头发嗅了嗅，说，难怪呢，头发是馊的。你有多久没洗头了？

我当时太狼狈了，红着脸，不知道该怎么回答她。虽然只是个六七岁的小姑娘，但那时我已经知道害羞了，懂得头上长虱子是件见不得人的事。可我不敢告诉兰姐养母是个大烟鬼，不怎么管我，别说给我洗头，就连她自己的头也是乱蓬蓬的，像个鸡窝，只有在出门时她才会勉强收拾一下。

以兰姐的心细，我相信她很快就能明白我是个缺少母爱的孩子，只听她轻轻地叹息一声，说先出去一下，马上就回来。我以为她去解手，愣愣地望着她的背影消失在天井边的一道侧门里，这时我才感到头有点痒，像有许多小东西在爬，连忙伸出手去抓，自然越抓越痒。

兰姐回到厅堂，见我用两手在头发上乱抓，眼里湿湿的，说，别抓，别抓，让姐姐来帮你。然后把我按在一张椅子上，自己搬来一条板凳，坐在我身后，用一把密密的梳子帮我梳头，梳一下让我看一眼。

连同头皮屑，梳子上梳出许多白白的粉粒状的东西，静静地看，那些细小的颗粒在匆匆移动，让人头皮发麻，浑身起鸡皮疙瘩。兰姐说，小妹妹，你看，这么多的虱子在咬你，吸你的血，头能不痒吗？说着放下梳子，把两个指甲盖拼在一起，发力一合，立刻响起噼啪噼啪的声音。她嘴里喃喃自语，造孽啊，造孽啊，才这么大点的孩子。

估计时间差不多了，兰姐说，走，到院子里去，姐姐帮你洗洗头。我走到太阳底下，她从厨房里出来，一只手提来半桶热水，另一只手端着一个木盆，木盆里放着手巾和包在帕子里的皂角。我这才想到，兰姐刚才说出去一下，原来是去厨房给我烧洗头水。

兰姐把水倒进木盆里，试试水温，让我趴在木盆的边沿，低下头，把头发浸泡在热水里。她帮我反复地揉，反复地搓，又用梳子反复地梳。水有点烫，我热得汗水淋漓，但只能咬牙坚持。兰姐不断问我，烫吗？水烫吗？马上就好了。又说，姐姐不诓你，洗完就舒服了。哪有小姑娘家家的，头上长虱子的？

洗完头，我真就不觉得痒了，有种从未有过的清爽感。这时，兰姐把我的头发绾成一团，从木盆里提出来，在阳光中抻开，用手巾一点一点吸去上面的水。动作是那样轻，那样温柔。再看那只木盆，水面上密密麻麻地漂浮着一层白色的尸体。因为怕烫着我，兰姐不敢把水烧得太热，有些虱子未被烫死，仍在动。

养父来接我的时候，兰姐已经帮我把头发梳得整整齐齐，像模像样，还找出两根红头绳给我扎了羊角辫。养父的眼睛一亮，说，哇，这是谁家的小姑娘呀，打扮得这么漂亮？然后，他面有愧色地向兰姐道谢，说，这位姐姐，你真是个好姑娘。兰姐说，这有什么呀，我喜欢小妹妹，她真乖。

走在回家的石板路上，我一路蹦蹦跳跳，感到无比轻松。养父追着我说，看我家姑娘多高兴啊，像一只小鸟，有本事你给我飞啊，飞到天上去。

从此我每次去刘家大院上课，兰姐都要给我洗头，梳头，扎羊角辫。当然，她更多的时候还是教我习字，也教我认字，永远不厌其烦，差不多成了我的半个先生。

说话间夏天到了，天气炎热，兰姐给我洗头的次数也更多了，更勤了。她家用的是井水，即使在正午打出来也很凉。兰姐怕我感冒，每次都打好一桶水，放在烈日下晒，让它回温。课上得差不多了，再给我洗头。这时桶里的水清凌凌的，不热也不凉，浇在头上特别舒服。

还不止这些。去上课的次数多了，兰姐事无巨细地关心起我来，好像我真是她的亲妹妹似的。鞋子破了，她给我做鞋；袜子露出脚指头了，她给我补袜子。我的衣服大多数是养母穿剩的，不怎么合体，穿在身上空空荡荡的，兰姐便动手给我改，该缩小的缩小，该裁去一截的裁去一截；有的还别出心裁地加一个领子，添一道滚边，衣服焕然一新，看不出改过的痕迹。这些事情，我知道凡是女人都会做，但对一个远离母亲的孩子来说，这些细碎的关心特别暖心。

自从有了兰姐无微不至的照应，我再也不惧怕去江边的刘家大院上课了，面对老先生也不再觉得忐忑。如果养父被公司的事情拖住了，没有回洪江，不能送我去江边上课，我便会烦躁不安，像丢了魂似的。

家庭教师

在江边刘家大院上了不到半年课，我不得不离开那位老先生，尤其不得不离开像亲人那般待我的兰姐。尽管此后，我还有机会去刘家大院，也还有机会见到亲爱的兰姐。

想必是战争的原因，养父的生意越来越不好做；也可能是老先生的教育内容过于陈旧，让养父担心我学的知识脱离社会，将来无法参加中学和大学考试。有一天，他突然对我说，捷生，我们不去江边上课了，我给你请了两个家庭教师，以后就在家里上课。我完全没有离开兰姐的心理准备，反问养父说，为什么？我习惯了去江边上课，喜欢见到兰姐，她也喜欢我。

养父说，他把塘陀巷宝庆馆多出来的几间房子，让给了从外地逃难来的两户人家住。这两户人家，一家是个单身的福建人，没有带家眷，只身逃到洪江，是个数学老师；另一家的户主也是老师，在国统区教音乐。养父选中他们，不收他们的租金，交换的条件是，两位老师教我读书。实话说，这是一个用心良苦的安排，双方各取所需，各得其所，皆大欢喜，首先是给我找到了不出家门就能上课的教师，而且上的是现代课程；其次是他们也有了安身之处。养父的这个决定，日后想起来，可谓目光深远，功德无量。

至于兰姐，养父说，只要我想她，他可以让她常来家里看我。

平心而论，与老先生摇头晃脑地只会教古书相比，我更喜欢养父用房子给我换来的两个新老师。他们给我带来了许多新知识，新见闻，新观念，让我学得津津有味。比如，他们给我带来了民国商务版的新国文教科书，开篇即是《天地日月》，内容童趣盎然，平实明净。同时还带来了《安徒生童话》《格林童话》，上海出的少年杂志《小朋友》，这些课外儿童读物，图文并茂，生动活泼，让我喜欢得不得了。音乐老师则教会了我许多在国统区广为流行的歌谣和电影插曲，有田汉的《义勇军进行曲》，刘半农的《教我如何不想他》，还有李叔同那首《送别》："长亭外，古道边，芳草碧连天。/晚风拂柳笛声残，/夕阳山外山……"歌里那种空灵而忧伤的意境，至今仍让我念念不忘。此后我性情温良，同情弱小，喜欢文学，可能与此有关。

我要特别说说教我数学的家庭教师，因为几年后，他还会在我的生命中出现，对我的未来产生不可估量的影响。

他姓史，福建人，口音非常重，听说早已成家，生了好几个孩子。奇怪的是，在这个兵荒马乱的年代，他没有带上他的妻子儿女，而是一个人逃到洪江。不知把家眷扔在福建老家，还是其他的什么地方。

养父让我叫他史先生，把我重点托付给他，请他在教我数学的同时，尽量兼顾语文、物理和化学。而这些对史先生来说，都不在话下。在养父看来，另一个老师教我音乐，只是调节调节气氛，让我不整天愁眉苦脸就可以了；而史先生教我的课才是正课，学好了数理化，将来他可以向我父母圆满交差；假如我的父母在战争中牺牲了，我就像现在这样一直跟着他，做他的女儿，即使当个老师，也能养家糊口。

史先生很快融入了我们这个家，他给我上课教得很认真，仿佛教自己的儿女；眼里也有活，家里的事只要他看到了，他又能腾出手来，他就会随手做了。因为他和我们一大家人一块吃饭，对于一个能主动付出的人，养母作为家庭主妇并不嫌弃，养父从老家永顺带来的寡妇亲戚也挑不出什么毛病来；唯有她带来的两个孩子调皮捣蛋，在我上课的时候总喜欢在窗外追逐打闹，让他们跟着我一块学却坐不下来。

我观察到史先生是个闲不住的人，也是个心事重重的人。他很快和我养母混得很熟，常跟她嘀嘀咕咕地说话，很投缘的样子。我一出现，他就什么都不说了，脸上好像结了冰。给我上课的时候，只要给我布置好作业，他就会一个人坐在那里发呆，有时唉声叹气。国统区是可以互相通信的，偶尔他也会收到一封信，总是捧在手里反复地读，然后把信锁在他房间那张临窗摆放的桌子抽屉里，钥匙从不离身。

六七岁的孩子最有好奇心，止都止不住。发现史先生那张桌子的抽屉里好像藏着什么秘密后，我总想一探究竟。在他外出的时候，他在屋外与养母聊天的时候，或者热天他睡午觉开着门的时候，我都会鬼鬼祟祟地溜到他的门前，看他那只抽屉是否上锁了，是否能趁机打开抽屉看一看。

有一次，那是几个月后，我终于发现他的钥匙遗忘在锁孔里，便蹑手蹑脚走进他的房间，把他的抽屉拉开了。这一看，我吓了一大跳。

抽屉里不仅放着他收到的多封来信，还放着一本影集。打开影集，几张他穿着国民党军服照的照片赫然出现在眼前。呀！他是国民党军官！看见照片上大盖帽下两只炯炯有神的眼睛，我紧张得心都要跳出来。

事情就这么不凑巧，正在这时，他回来了！发现我打开他的抽屉，在看他的照片，他脸色铁青，但没有骂我，也没有喝斥我，只是说："捷生，你鬼头鬼脑的，看什么？"我吓得魂飞魄散，夺路而逃，有几天不敢拿正眼看他。但此后他从不提这件事，就像从来没有发生一样。

正是在我与史先生尴尬相处的这些天，兰姐提着一个小包袱，敲开塘陀巷宝庆馆养父家那道长年紧闭的大门，来看我了。当时，史先生正在给我上课，发现兰姐来了我格外激动，他非常体谅地说，那么好，今天的课上到这儿，你先同这个姐姐说说话。

兰姐！合上书本，我一头扑在兰姐的怀里，喃喃地说，我想你，想死了。说话间，眼泪大滴大滴地涌出来，糊了她一身。

兰姐紧紧搂着我，说小妹妹，我也想你啊，这不是，你不来看我，我先来看你了。原来，她是趁着老父亲午休，抽空找来看我的，她手上挽着的那个小包袱，装着她给我做的一双新布鞋。我那时已经懂得招呼客人了，连忙拉着她进了客厅，告诉养母说，她就是兰姐。

兰姐跟养母点点头，也不管自己是否受欢迎，钻进灶间去烧水，又找出木桶和脸盆，给我洗头，好像她就是这个家里的人。

到底是大户人家出身，养母并不小气，她看到兰姐手脚麻利，也不把自己当外人，脸上露出了少有的笑容。我猜想养父曾多次对她说起过兰姐，这回她亲眼见了，竟一下喜欢上了兰姐。临走的时候，她拉着兰姐的手，喜笑颜开，说，这么好的姑娘，怎么会嫁不出去呢？又说，兰姑娘，这个媒人我是当定了，一定给你找个好人家。

兰姐的逝水流年

都以为养母只是说说而已，未想到她真要给兰姐做媒，而且不出几天，就把那个男人叫到家里来了。这边又给江边刘家大院带信，让兰姐赶快过来见面。

那个男人跟着养父来过家里，我见过他。他也是安江纱厂的股东，姓王，三十岁出头的样子，人长得很壮，还很标致，脸像女人那么白，即使放在女人堆里，也算长得好看的。当时我想，凭着他的容貌，他在纱厂所占的股份，应该生活在上等人社会。但他有那么好的条件，为什么才找女人？肯定不是离了婚，就是死了老婆的那种人。

听说养母把兰姐介绍给这个男人，我心里很不高兴，觉得太便宜这个男人了，兰姐可是个黄花闺女。

可兰姐还是嫁给了这个我们叫他老王的男人，而且是见面后没几天就出嫁了。我弄不明白是养母把她说糊涂了，还是她自己害怕嫁不出去，急于生米做成熟饭，或者有其他什么我猜不透的原因。总之，兰姐一嫁给老王，她水深火热的日子就开始了。

按湘西的风俗，新婚夫妇举办婚礼后，第一件事情，就是带上礼物来酬谢媒人。通常是提一只竹篮，用红布半掩半露地盖着，在篮子里放上红包、布匹、鞋子，还有几样时兴的糕点。体面又大方的人家，还会放上一根金条。但养母打开老王送来的篮子，里面只有一双布鞋，几色大路货的吃食，气得她大骂老王小气，是个吝啬鬼。老王一走，她就把他送来的东西扔在了畚箕里。

过了十几天，兰姐单独回到洪江，又来看望养母和我。奇怪的是，她还穿着从前的衣服，两只眼睛肿得像桃子；往常那张水灵灵的脸，异常憔悴，说起话来支支吾吾的。看见养母的茶杯干了，她有意无意地撸起袖子帮养母续水，白白的手臂上赫然露出一道道血痕。

养母本来就心存疑问，一见兰姐手上的伤痕，大吃一惊，连忙问她是不是老王对她不好。兰姐什么也不说，只是嘤嘤地哭，泪水像雨点那样滴滴答答地落下来。养母说，大妹子，你都是入过洞房的人了，男人和女人那点事情，也没什么不好说的。既然是大姐为你做的媒，如果老王欺负你，我和老瞿为你做主。

养父其实挺看不上老王，在他眼里，这是个拎不清的人，只不过碍着同是纱厂的股东，才有些来往。养母把兰姐介绍给老王，养父本来是持反对意见的，无奈是自己的老婆穿针引线，而且老王答应抚养兰姐的老父亲，这使兰姐能腾出身子来做一回女人，也就默认了。

养父和养母为兰姐受委屈的事去找老王，想不到老王油嘴滑舌地应付他们。老王说，大哥大嫂，你们都是过来人，夫妻间哪有不吵架的？锅勺还会碰锅沿呢。再说，男人管教一下女人，有什么错？

老王讲出管教兰姐的理由：她手脚笨，脑子不灵活，根本上不了台面。他举例说，有一天，他请他们的纱厂厂长到家里来吃饭，让兰姐好好做一桌饭菜，结果端上来的菜不是太咸，就是太淡，把好端端的东西都给糟蹋了，弄得他在厂长面前大跌面子。

养父知道厂长是个挺讲究的人，穿洋装，喝洋酒，闯荡过十里洋场。兰姐生在普通人家,吃粗茶淡饭长大,怎么做得出让厂长喜欢的饭菜来？但养父对老王说，那你也不能动手打她啊，得慢慢地教她，慢慢让她见世面，长见识，有个逐渐适应的过程。人和人到底不一样。

老王说，那是，那是，我慢慢教她，大哥嫂子你们放心吧。他明显表现得漫不经心，养父看出他是在敷衍他们。

教人的方式有多种，用嘴是教，用拳头也是教，但老王对兰姐采用更隐蔽更龌龊的施教方式，那是养父和养母根本想不到的，也不会往那方面想。俗话说，清官难断家务事，养父和养母当时想，木已成舟，既然兰姐已经嫁给了老王，他们夫妻如何相处，那就是他们自己的事了，外人说多了只会让人生厌。何况老王是个不进油盐的人，以后兰姑娘跟着他过什么日子，就只能看她自己的造化了。

然而，事情远没有养父养母想的那么简单。这之后，兰姐挨老王的打，受老王的折磨，反而越来越频繁，越来越厉害了。那段时间，兰姐三天两头跑回洪江来见我养母，每次来，都是一副魂不守舍的模样，别说是给我洗头、梳头，就连她自己的头也变成了一蓬乱草。有几次我看见她撩起衣服让养母看，身上青一块紫一块的，伤痕累累。

养母有时去邻居家打牌，兰姐来了，见四处无人，什么也不说，一把抱住我呜呜地哭。我帮她擦去脸上的泪水，对她说，兰姐，我从门缝里看到了，老王这样打你，你为什么不还手？兰姐哭得更伤心了，上气不接下气。她说，小妹妹，大人的事你不懂，那样我会被他打死的。可我被打死了不要紧，谁来养我父亲啊！他老人家太可怜了。

世上没有不透风的墙。渐渐的，我从养母和养父的窃窃私语中，听出了兰姐藏着的一个秘密：老王变态，做不了男人要做的事，却不愿放过兰姐，每天夜里都把她绑在椅子上，折磨她。兰姐陪着老父亲在贫寒中长大，哪里见过这种事情？面对老王无休无止的折磨，她有苦无处说，有痛不敢喊，每天过着羞于见人，生不如死的日子。

养父怕兰姐被折磨死，再次找到老王，请他放过兰姐。老王见事情败露了，露出一副无耻的嘴脸，对养父说，老瞿，你管这个事干吗？你知不知道她是我花钱买的？我还请了人服侍她父亲。我愿怎么对她就怎么对她，谁也管不着。养父急了，说，老王，人不是畜生，别以为花了钱就可以任你作践，给你当牛作马。这样吧，你说个数，你花了多少钱买的兰姑娘，我给你多少钱买回来，放她一条生路。老王说，那不行！我自己花钱买来的东西，你出多少钱我也不卖。养父怒不可遏，抓着老王的衣领说，你这个王八蛋，真把兰姑娘当件东西买卖了？当心我去衙门告你！老王也不服软，他说，老瞿，我和我老婆的事，用得着你操心？你想告就去告吧，告到天王老子那里我也不怕。

当过国民革命军团长、跟着我父亲参加过南昌起义的养父，血里火里死人堆里，什么样的恶人没遇过？但面对老王这样的无赖，还真是没有办法。想到一个好端端的兰姑娘毁在一个无赖手里，而且是自己夫人做的媒，他心怀愧疚，发誓要把这个弱女子救出来。

放下老王，养父去找纱厂老板，以厂里的名义给老王施加压力。未料老板避之不及，说，老瞿啊，我也同情兰姑娘，她挺可怜的，可这是件私事啊，何况他还是通过你老婆明媒正娶的老婆，我们怎么管得了？老王这个人你还不知道，说穿了就是一个痞子，哪有道理可说？你还是睁一只眼闭一只眼吧，不要去捅这个马蜂窝。

养父说，这样下去，是要出人命的。老板说，不就是一个女人嘛，要死要活，由着她吧。

只有仰天长叹的份了，养父心急如焚，但一筹莫展。湘西这个地方山高皇帝远，男尊女卑的习俗异常顽固，买卖女人和打女人的事司空见惯。偏远的乡村里，男人和女人通奸，男人可以名正言顺，继续招摇过市，女人却要被装进猪笼，沉入深潭。对此，衙门不管，社会麻木不仁，只能听之任之。

回到家里，养父无能为力地抱怨养母，说，你看你，一辈子就做了这么一件善事，却伤天害理，把一个姑娘推进了火坑。

养母自知理亏，什么话也说不出来。

可怜的兰姐愤怒，绝望，忍无可忍，她见谁也救不了她，心如死灰，最终想到了往绝路上走。

事情是这样的：老王虽然一意孤行，但也怕触犯众怒，因而选择逃离湘西。不过，他说了狠话，说他即使离开湘西，也要把兰姐带走。他说兰姐是他的婆娘，生该是他的人，死也该是他的鬼。他就是把她带进棺材里，别人也拦不住。

兰姐有了死的念头，这时也不怕他了，只是在默默地寻找机会。她在心里说，哼，你想把我带走就带走？没那么容易，除非我死了，带走我一具尸体。话说回来，我跟你走了，我年迈的父亲怎么办？让他活活饿死？即使没有那件见不得人的事，我也绝不离开洪江。

事情闹到这一步，老王也是一不做，二不休了。离开洪江那天，他雇了一条小船，又招来几条彪形大汉，突然把兰姐按倒在地，用麻绳捆住她的手脚，塞住她的嘴巴，把她抬进了船舱。

但是，船没有走多远，江边就传来了噩耗。

说来也怪，那是个风和日丽的日子，江面风平浪静，出事的地方也不是什么凶险水域，但那条船说翻就翻了。船上的人活下来的只有水性好的船老大，问他船是怎么翻的，他说他也不知道，怕是碰见鬼了。

兰姐和老王的尸体被冲了几十里，几天后才在澧水的下游被找到。在水里泡了几天的两具尸体，已面目全非，头泡得像个笆斗。

关于兰姐的死，当时有好几种说法。有的说，船起程后，老王得意忘形，正盘腿坐在船头和船老大喝酒，由于他太胖了，一个浪头打过来，船突然竖了起来；有的说，是兰姐挣脱了绳索，用舱里的一把消防斧头劈开底部的船板，导致船舱大量进水；还有的怀疑船老大谋财害命，故意把船弄翻了；甚至有人说，是日本鬼子的飞机炸沉的。当然，这都是猜测，谁也说不清事情是怎么发生的。

听到兰姐和老王的死讯，养父、养母，还有我，几乎不假思索，都想到船是兰姐故意弄翻的。至于被捆住了手脚的她，是如何做出这种惊天之举的，就只有天知道了，因为死无对证。

更惨的是，在兰姐死的当天，她的父亲，那个教过我读《木兰辞》《满江红》和《硕鼠》的老先生，悲愤交加，用一根绳子上吊了。

这是我有记忆以来，第一次看到离自己最近的人死去，而且死得这样决绝，这样惨烈；尤其是这对相依为命的父女，一个给我讲过许多故事，一个给了我最渴望得到的人间温暖。

我当时被兰姐的死吓坏了，我说，不！兰姐不会死，她还会回来给我洗头，梳头，给我扎羊角辫。我还说该死的是老王，这个老流氓……早该死了。

我哇哇地哭起来，痛心疾首地哭，昏天黑地地哭。

养父好几天没回安江上班，一直守在我床边。他出钱安葬这对可怜的父女之后，我连日高烧，躺在小床上胡话连连，哭泣不止。养父手里端着一只药碗，边喂药边开导我说，孩子，你哭吧，哭吧，把心里的恐惧和思念都哭出来，兰姐也不枉疼你一场。

我是真心为兰姐哭泣的。我永远不会忘记，这个沉静、贤淑，柔情似水，却如此薄命的女人，就像原野上的一朵摇曳的秋菊，以她微弱的光芒和艳丽，曾经给我苦难的涉世之初的生命带来一抹亮色。

养父说出的秘密

我寄居湘西的苦难童年，在1945年将到来时，因为养父瞿玉屏的不幸去世，变得雪上加霜。在这之前，在无尽的孤独和寂寞中，我常常顾影自怜，觉得自己是多余的孩子，没有人要的孩子。虽然养父瞿玉屏那么疼爱我，在家人面前时时处处护着我，但我从养母对我的天然冷淡中，我发觉他们两个不是我的亲生父亲和亲生母亲。在这个家里，我跟谁都亲不起来，有一种向隅而泣的感觉。

但是，养父死了，我突然感到天塌了，地陷了，什么都抓不住了。这种感觉我说不清，道不明，就是觉得它是实际存在的，心里突然空得让我害怕，让我惶惶不可终日。到这个时候，我才终于明白，这个不幸离去的人，原来是我在这个陌生的、举目无亲的世界中，最亲近的人，最值得依靠的人。他一离开，我再一次成了孤儿。

养父是在 1944 年初冬的一天，在去桂林八路军办事处送药品的途中，被日军飞机炸伤的。在广西经过几天治疗，他保住了命，然后被同去的人想尽办法弄回洪江。但他伤得很重，再也没有站起来。刚送回家时，他差不多奄奄一息，吃喝拉撒都在床上。遇上这样的事，家里也坍塌了，家境每况愈下。因为养母说家里断了经济来源，必须节衣缩食过日子，先是史先生主动提出离开这个家，接着养父那个寡妇亲戚也带着两个孩子回了永顺。养母和养父本来就感情淡漠，就像现在所说的合同夫妻，几年时间勉强维持下来的关系，在养父一病不起的床前被一点点消耗殆尽。那时我已经有九岁了，虽个子不高，力气不大，但家里家外，我忙前忙后，逐渐成了给养父买药煎药、倒屎倒尿的人。

熬了几个月，记得还没有熬到过春节，养父感到自己挺不过去了，即将撒手人寰，这才对养母说出他深藏的秘密，有点临死前托孤的意思。

他说，世琰啊，老话说一日夫妻百日恩，请原谅一个要死的人，曾经做了对不起你的事。那就是捷生这孩子，当年我没有对你说实话，其实她不是孤儿，我和你把她从育婴堂领回来，是我的老师长秦光远兄和我事先商量好，有意做给你看的。说出来会吓你一跳，她是我们参加南昌起义的老军长，后来成了红军首领的贺龙贺胡子的女儿。你肯定想知道，贺龙的孩子是怎么到我们手上的？说来话长，那是民国二十六年，红军到了陕北，国共正举行第二次合作，决定共同抗日。听到这个消息，光远兄和我兴高采烈，当即去延安找他，想重新投靠这支队伍，铁下心一起打鬼子。相信你理解我们都是军人出身，壮怀激烈。可是，到了那边才知道，蒋委员长对共产党早留了一手，严格限制他们壮大，只给他们有数的三个师编制，逼迫他们逢官降一级，你说哪里还有我们的位置？没有办法，我们只能回湘西。当时觉得挺失望的，空着手去，空着手回嘛。这时听说贺龙的老婆蹇女士被派去苏联学习，他自己将带领部队渡过黄河，去山西与日本人拼命，他们不知如何处置不到两周岁的女儿。光远兄和我灵机一动，主动提出帮他带回湘西抚养。贺胡子大喜过望，说，太好了，我把女儿交给我们，做你们谁的女儿，跟你们谁姓都可以，就是不能改她的名字。就这样，我们把捷生抱回了湘西。国难当头啊，我觉得我们这样做没有错，有良心的中国人都会这样做。至于育婴堂里的那一出，说到底，还是为了孩子的安全，帮她隐姓埋名。你想啊，贺龙在湘西杀了多少人？要是让人知道她是贺龙的女儿，那还了得！有多少人要寻她报仇。如今孩子长到九岁了，秦光远死了，我也要死了，怎么办？只能把她交给你，请你善待她，帮助我们完成对贺胡子的承诺。别看她现在跟我姓瞿，这都不算数的，她最终还是要姓贺；如果你亏待了她，把她弄没了，将来贺龙回来向你要人，那可不好交代。这道理很简单，你想想就明白了。

养母大吃一惊，当场答应了养父的嘱托。当然，我在前面说过，我这个叫杨世琰的养母，是四川军阀杨森家的侄女，从道理上讲，她对我父亲贺龙和共产党阵营，是没有什么好感的，可她毕竟跟瞿玉屏厮守多年，共同把我从不到两岁养到了九岁，就是小猫小狗，也处出了感情。因此，在养父去世后，她还不至于把我遗弃。她大概想，养父瞿玉屏一去世，我这个孩子从哪里来的，就再没有人知道了，她领着我一起过，总比养猫养狗多些人气吧。何况，我一天天大了，渐渐地能做许多事，她不是白捡一个使唤丫头嘛。再说，她如果不答应我养父的嘱托，他是万万不会把他最后那点积蓄留给她的。

养父弥留之际，我也被郑重地叫到他床边。养父最后拉着我的手，恋恋不舍地说，捷生啊，瞿伯伯不行了，快要死了，看不到抗战胜利的那一天了。到了这个时候，我应该把你的身世告诉你了。说出来你不要害怕，其实，你不是我的女儿，是贺龙的女儿。你的妈妈姓蹇，叫蹇先任。你知道你的爸爸妈妈是什么人吗？是曾经大闹湘西的红军，现在叫八路军，他们都是了不起的人。特别是你的爸爸贺龙，长着两撮小胡子，人称贺胡子，个子半栋房那么高，性格暴烈像雷神。他是红军和八路军里的一个大官，几次扯旗造反，成千上万的人跟他走。在我们中国，没有什么人不知道他的名字，连日本鬼子都怕他。

在养父说这些话的时候，我睁大眼睛望着他。虽然我依稀记得在我很小的时候，是他和另一个伯伯把我从很远的地方抱回来的，也依稀记得我有自己的爸爸妈妈，但话从养父嘴里说出来，我还是感到震惊，感到惊慌。因为他是个要死的人，在我当时看来，死是一件很可怕的事情。那时我想，养父死了以后，我去哪里啊？因此更渴望回到自己的爸爸妈妈身边。养父见我瞪大眼睛，半天不吭声，怕吓着我了，马上笑了笑，说，是的，你爸爸妈妈说过，打跑了日本鬼子，就来接你。你想不想他们呀？我拼命地点点头说，想。听见我的回答，他的泪水流了下来，叹一口气说，是瞿伯伯对你不好吗？就没想过以后还姓瞿，永远做我的女儿？我一时回答不上来，只好什么也不说。心里却想，还是自己的爸爸妈妈好。再说，我爸爸是贺龙，我怎么能不做贺龙的女儿，做别人的女儿呢？但我知道养父无儿无女，自从把我带回湘西后，他就一直把我当亲女儿养，我不能让他伤心。养父这时说，捷生，瞿伯伯真不忍心丢下你啊，怕你受苦。不过，你也不小了，如果以后跟着杨姆妈过不下去，或遇到了大的难处，你就去慈利找你的外公。记住，你妈妈姓蹇，你外公当然也姓蹇，这个字很难写，但千万不能忘了。说着，在我的手心里，一笔一画地把蹇字写了一遍。

更晚的一天，在养父的床前，出现了一个神秘的男人。他戴着墨镜敲门而来，戴着墨镜悄悄离去。两个人压低声音说话时，门始终紧紧地关着，像是不要让任何人听见。那人临走的时候，养父才把我叫进去，对我介绍说，这是你罗伯伯，瞿伯伯死后，你和你姆妈遇到什么难事，他会过来帮你们。罗伯伯也跟过你爸爸，同样也会把你当他自己的女儿。这个养父瞿玉屏让我叫罗伯伯的人，在养父向我介绍他的时候，始终不置一词，墨镜也没有取下来，只是对我点了点头。走出养父的房间时，他停下来，仔细看了我一眼，好像要把我的容貌记在心里。最后，伸出一只细白的手，轻轻地抚了抚我的头发。

养父一死，我更加孤苦伶仃了。家里的日子也迅速显露出破败和窘迫来，其中最大最显著的变化，是养母带着几十个忙了好几天捆扎的大大小小的包袱卷，领着我从洪江塘陀巷宝庆馆搬了出来，在沅水边一个我似曾相识的院子里重新租房子住。

要知道，当时养父还尸骨未寒，装殓他的那副漆黑漆黑的棺材，还存放在附近的一座寺庙里。

— 3 —

洪江不相信眼泪（下）

大杂院

天是在踢踢踏踏的木屐声中开始亮的。那踢踢踏踏的木屐声，先是在窗外零零星星地响，接着是三三两两地响，再接着是稀里哗啦地响，轰轰烈烈地响，如同热砂锅里炒熟的豆子，噼噼啪啪地往外蹦。跟着养母杨世琰从塘陀巷宝庆馆搬进这个三家人合租的临江的院子时，我忽然觉得那一条条曲折而又幽深的巷子，那巷子里来来往往的人，都那么似曾相识。这些连通每条巷子或直接通向江边的路，都是用大小不一的青石板铺成的。许多的脚在路面上走，渐渐地，把青石板踩得凹了下去。

到了夏天，这座小城的人都喜欢穿木屐，坚硬的鞋底与坚硬的石板相互磨损，岁月就是这样留下了它斑斑驳驳的痕迹。

从窗外踢踢踏踏走过的人，差不多都是些女人，她们大半是去绕城而过的沅水江边洗菜、洗衣服、洗马桶。只有到了年关，她们才会去江边用草木灰和沙子洗桌椅板凳，铁锅铜盆。把这些器物洗清爽了，洗锃亮了，一年也就过去了。洪江的男人一般是不会做这些事的，依据这座小城得天独厚的人气，洪江的男人大多数经商，开着各种各样的店铺和商行。他们通常晚间聚在一起喝酒，打牌，谈生意，早晨美美地睡个懒觉。一觉醒来，太阳已经移过了晒楼，洒在大院门前的麻石台阶上，升起一缕缕湿气，他们这才招呼伙计们打开店门，自己则握一壶酽茶，坐在店里等待顾客上门。

养母是洪江女人中的例外，她是从来不去江边洗菜、洗衣服和洗马桶的，凡事都交给用人去做。从塘陀巷宝庆馆搬到江边的这座三家人合住的院子，她倒驴不倒架，仍然保持过去的习惯，过着烟雾缭绕、晨昏颠倒的日子。对我而言，她就是拔一根毫毛能变出无数个猴子的孙悟空，这座小院的那道石门槛，是她用金箍棒给我划定的界线，不可越雷池半步。她的存在，仿佛就是要把养父留下的那点积蓄一天天花光，再就是把我盯死在她那两道懒洋洋的目光中。

时间过去六十多年了，我已经想不起来我们三四家曾经合租的那个江边的院子叫什么名字了，想了好几年也没有想起来。前些年我回到洪江，在寻找塘陀巷宝庆馆的同时，也到江边去寻过这个院子，希望能唤醒更多儿时的记忆，可惜它同样被几十年的历史变迁淹没了。我盘桓在沅水江边的一条条小街上，觉得哪个院子都像我当年住过的，但哪个院子又都不能让我一眼认出来。

我仍顽强地记得这个院子叫“刘家大院”，大家都这么叫，但在大院的门楣上是绝对不会有这几个字的。我记得它叫刘家大院，是因为大院最老的住户是一家姓刘的人，就是我曾经提到过的那个和养父有生意往来的木材商。其实，这个院子，也是可怜的兰姐和她的老父亲住过的那个院子，老先生给我讲书讲故事那个院子。所以，当养母带着我带上零零碎碎搬到这个院子时，我认出了那些兜兜转转又彼此相通的路，是养父请老先生给我上课的那些日子，我们曾来来回回走过的。与住在塘陀巷宝庆馆大不相同的是，这里所有的路都能走到江边，更有水乡的韵味；江边居民的生活习性，与沅水保持着最紧密也最亲切的联系。同时，他们生活的内容和品质，也显得普通，琐碎，细屑，有着强烈的人间烟火味。

以这种眼光回顾我在江边刘家大院经历的生活，我感到这个大院更像北方的那些有许多人家挤在一起的大杂院。古老的建筑虽然显示它曾经钟鸣鼎食，气派非凡，但如今住进来的名色人等，又给人一种落花流水春去也的强烈破败印象。

当时住在刘家大院的三家人，我至今认为，基本上属于三个不同的阶层，不可同日而语。比如刘姓木材商就有坐地户的意思，占据着前院整整一进的房子，后院的大厅也归他家使用。面向街道的房子，被他们家毫无疑问地用来开店铺，门楣上应该有 ×××× 商行的招牌。养母带着我租住在后院一侧的三间偏房里，属于“破帽遮颜过闹市，漏船载酒泛中流”一类，可以被省略；对面一侧住过兰姐和她老父亲的几间偏房，此时住着一家做小生意的，应该是引车卖浆之流。

两进两层的这个窨子屋院落，中间有个光线泛绿的天井，把前院与后院简单分成两部分。天井中间有座用麻石砌成的长方形台子，摆满泥土里藏着许多蚯蚓的盆栽花草，有蜡梅、芍药、桂花、缠枝玫瑰和一品红等等。因房屋很高，雨水充沛，盆景和花草长得异常旺盛，只是枝干有些孱弱，植物们都长成竞相要钻到天上去争夺阳光的样子。下雨的时候，雨水从四檐上飞流直下，如同一挂方形瀑布。而落入天井的雨水又免不了溅起许多水珠，把四周弄得湿湿的。因难以见到阳光，靠近天井的地面长满青苔。

虽然只住着三家人，刘家大院却发生了和正在发生许多故事，可说是那个黑暗时代的缩影。有的事和有的人，就像逝水流年中飘落的花瓣，带着那个年代的血污和幽香，让我至今想起来还历历在目。

与塘陀巷宝庆馆比起来，这里不仅杂乱，周围住着许多的穷人，而且走几步就是滔滔奔腾的沅水，多了几分孩子不小心被溺亡的危险。虽然我渴望到街上去走走，去江边看看，但养母怕我玩丢了，规定我只能待在院子里面，决不能越过大门口那道石门槛半步。许多年后读到林海音的《城南旧事》，我觉得我就是书里的那个小英子，但我比小英子可怜多了。因为小英子身边有爱她的亲爸亲妈，小英子可以走出家门，蹦蹦跳跳地去上学，我却没有这个福分。

一个说是十岁实际上只有九岁多一点儿的女娃娃，个子那么瘦小，住进这个杂乱的院子，我就像人们吃西瓜时不经意掉进砖缝的一粒瓜子，尽管我也在生长，也能从缝隙里探出两片孱弱的叶子来，却没有人怜惜和疼爱，属于我的只有孤单和寂寞。

每当这时，我都会想，养父瞿伯伯临死前不是说了吗，我爸爸妈妈是共产党八路军里的大官，在延安那边，他们怎么说话不算数，还不来接我呢？是不是他们有了弟弟妹妹，不要我了？现在瞿伯伯不在了，如果杨姆妈也死了，谁来养我呢？

这样一想，眼泪就流出来了，冰凉冰凉的。而如惊鸿一现，让我此生忘不了的刘家三哥，就在这个时候出现了。

云层中露出一缕阳光

风在微微地吹，天井里花草上的黄叶被飘飘摇摇地吹落下来，落在四周的水沟里，像一只只小船。我和往常一样坐在院子的那道石门槛上，痴痴看着大门外匆匆过往的人流，不知不觉趴在那里睡着了。

隐约中，我感到有一双脚高高地抬起来，从我的身上跨了过去，然后停住脚步，弯下腰轻轻地推我，说，哎哎，哪里来的小妹妹，怎么睡在石门槛上？这里有多凉啊！

我懵懵懂懂地坐起来，揉着惺忪的眼睛，只见一个大哥哥站在我面前。他白净，英俊，温文尔雅，像路边的树那样长着高高的个子。咧开嘴，露出一口整齐的白牙。说起话来声音瓮声瓮气，如同空谷回音。

不知道该怎么回答，我抱起小狗，惊慌地向后院跑。

身后传来他的笑声，哎，小孩，你怎么胆小如鼠啊？

虽然是在跑，但我听清了他说我胆小如鼠。我不喜欢他这样说我，不服气地想，这个人，他怎么说话的呀？我怎么就成了胆小的老鼠呢？

这时我想起来了，这个大哥哥好像也住在我们这个院子里，是前院刘家的人。

没几天再遇上，他依旧很亲切地对我笑，露出一口白牙。有时在院子里或天井边交错而过，他还会伸出手来，摸摸我的头，说小姑娘，你看见我跑什么啊？我又不是老虎和狮子，你怕什么？

我注意到他再没有说我胆小如鼠了，心里有些感动。这之后，我努力让自己不胆小，不一见他就撒腿跑。当他迎面走过来时，我干脆站在他面前，不动，也不让路，看他还说我什么。

他收住脚，在我的面前蹲下，伸出一只温暖的手捏捏我的鼻子，说，小妹妹，你怎么这么瘦啊！今年几岁啦？什么时候来的？怎么不去上学呢？

一连串的提问，我只能挑我能回答的告诉他。我说我家不住原来那座大院了，搬到这里来住了。我今年十岁啦（湘西兴叫虚岁）。心里一急，想哭。我知道在陌生人面前哭不好，又拼命忍住，把小脸憋得通红。

不哭，不哭。他像想起了什么，把我揽在怀里，拍着我的脊背说，我们同住在一个院子里，是邻居啊，难道你真当我是老虎和狮子？

我摇摇头说，不怕，我不怕大哥哥……

这就对了，他很高兴。他想了想，接着很认真地对我说，以后你就叫我三哥吧。你什么时候想跟我玩，就来找我；如果哪一天你想让我带你出去玩，比如去江边看油船，那也没问题。

我说，是真的？你能带我出去玩？

当然是真的！他说，我都是大人了，大人说话算数。再说，你都是个十岁的小姑娘了，怎么能天天跟一条小狗玩？多没意思！

但是，姆妈不让……想起养母，我马上泄气了。

嘿！这算什么事啊？他说，我让你姆妈同意就是了。

他说得轻松，很自信，一副胜券在握的样子，好像他已经问过我养母并征得她同意了，又好像问不问我养母，他都要带我出去。

我不敢相信，又问，是真的？是真的吗？

好啦，不说是真还是假了。他忽然严肃起来，说他说过的事情，肯定能做到，但我必须答应他一个条件。

我说，什么条件呀？心里忐忑不安。

他说，我刚才不是说了吗，你得叫我三哥。

我明白他是在逗我，说，就这个啊？

他说，就这个，那你叫给我听听。

我看了看四周，就轻轻叫他一声：三哥……

对了，三哥家算得上是洪江的大户，却暮气沉沉，四分五裂，家里不断出一些奇奇怪怪的事。他家里的人，也是一些说不清的人。

他父亲刘老倌做木材生意，年纪蛮大了，是个干巴老头，言语不多，长年坐在临街的店铺里噼里啪啦地打算盘。偶尔也在院子里走动，在天井里侍弄花草。我看见他的背已经驼得很厉害，像一只直立行走的大虾米。他的老伴很早就去世了，他没有再续弦。三个儿女，也老大不小了。大儿子是个匪里匪气的壮汉，不知道在什么队伍里当过兵，一条腿没有了，拄着拐杖行走时拖着一条空空的裤管；老二像是个女儿，早出嫁了，难得见上一面；三哥是他家的小儿子，大我十岁，高中刚毕业，但他既不愿去他父亲的店里帮忙，也不去找工作，成天独来独往；在他父亲刘老倌眼里，他是个游手好闲的人，像寄生虫。

英俊的三哥在捏过我的小鼻子，答应带我出去玩之后，迅速成了我的精神依托。我每天都想见到他，和他一起玩。他也会主动来找我，真有点把我当小妹妹的意思。虽然他的年纪是我的一倍，别人很难想象我们能玩到一起，但事实上却不是这样。后来我想，这个有些愤世嫉俗，看不惯社会上尔虞我诈，看不惯他老父亲一门心思赚钱，也看不惯他大哥浑浑噩噩的大男孩，其实是个心地善良，生活寂寞，需要倾吐的人。而这个能够倾听他的人，必须是个仰望他，内心比他还简单的人，不会说出他的秘密。这样一来，我就成了他的倾吐对象。我长期被养母禁锢在屋子里，对外面的世界充满恐惧，又充满渴望，他的出现，如同云层中露出一缕阳光，让我既希望被他点燃，又渴望被他怜爱。我甚至觉得他来到我身边，是老天爷安排的。

三哥没有食言，他真说动了我的养母，没几天就把我带出院子去玩了，而且过程是那么简单，好像养母也在等待他说那句话。

他有个他这种年龄难得的爱好，喜欢唱戏，唱当时流行的常德汉戏、洪江当地的辰河戏。刚好养母在抽完大烟后，也喜欢来一嗓子；加上在武汉见过世面、生着病正感到寂寞的他的大嫂，三个人经常会在厅堂里相聚，唱彼此熟悉的戏文。一来二去，养母欣赏他，也很信任他，说他聪明，懂礼貌，天生是块唱戏的料。因此，当三哥提出带我出去玩的时候，养母就像打瞌睡时碰上了枕头，很爽快便答应了。她说，去吧去吧，别把她卖了就行，成天看着她烦死个人。

我的天地就这样变得宽阔起来，亮堂起来。有了我这个小尾巴，三哥也不再像过去那样总在外面溜达了，嘴里常常悠然自得地吹起了小口哨。一听见口哨声，我就知道他来找我玩了。

不管我是否听得懂，也不管我是否爱听，三哥总是骑在天井边的那堵矮墙上，给我说许多的话，比如说他家里的事，说他自己遇到的事，也说洪江街面上发生的事，甚至还有抗日的事。我记得清清楚楚，那一年，中国军队在离洪江不远的雪峰山和日军打了一个大仗，他绘声绘色地说，这一仗打得可厉害啦，那些日子，你没听见轰隆轰隆的炮声吗？我懵懵懂懂地点点头，想起前一阵雪峰山那边确实动静挺大的。他说，就是嘛，我们的军队也不是吃素的，动用了飞机大炮，从天上地下合围小鬼子，打得他们鬼哭狼嚎，屁滚尿流。打那以后，他们就从湘西滚出去了。听着他的讲述，我仿佛看见雪峰山上到处都是中国士兵，他们一个个威风凛凛，而小鬼子则纷纷举起手，当了俘虏。

几十年后，我在军事科学院从事军史资料的收集和研究工作，才弄明白，三哥当年说的雪峰山之战，其实是国民党上将何应钦指挥的湘西会战，这场战役规模空前。日军出动了几个师团上十万兵力，试图夺取芷江机场。中国军队则调集了 9 个军 26 个师，在中美空军的配合下，给日军布下了一个巨大的包围圈。一仗下来，日军付出了伤亡 27000 人的惨重代价，被歼灭 1 个旅团加 4 个联队，另有 1 个师团受到重创，还有 1000 多名日军在被包围后绝望自杀。中国军队的伤亡人数比日军伤亡人数的三分之二还少。这是国民党军队在抗日战争中打得最漂亮的一仗，也是成规模的最后一仗。湘西会战之后，中国军队由全面防守转入全面反攻。四个月之后，日军宣告投降。

洪江当时有十多家报馆，想必非常详细地报道了湘西会战的过程。三哥特别关注中日战争的进程，因此，说起来头头是道。

但那时我年纪太小，知道的事情十分有限，对他说起的话题，只有睁大眼睛听的份儿。从我眼不错珠的目光里，三哥看出我是他的一个忠实听众，表现欲更强了，每天手舞足蹈的，活生生一个大孩子。

有时候，他会冷不丁地对我说，小妹妹，你听不听戏啊？我给你唱一段吧！没等我答应，他已翘起兰花指，自顾自地唱起来。《徐策跑城》《霸王别姬》和《追韩信》里的唱段，他都给我唱过。还边唱，边夹紧屁股，拔直了身子，在厅堂里走起台步来。表演完了回身问我，小妹妹，我唱得好不好？你为什么不笑啊？

那些戏我从来没看过，不知道戏里的历史背景和人物关系，他每次唱完，我都一脸茫然，怎么笑得出来？再说，我长期寄养在别人家里，盼不到爸爸妈妈来接我，七八年都是在压抑中过来的，脸上的哀伤就像结着的一层硬壳，总也蜕不去，哪里还会笑呢？

三哥就文绉绉地说，一个十岁的小姑娘，正是天真烂漫的时候，发出的笑声应该像银铃那样清脆，像露水那样纯净。接着他叹道，小妹妹，你么子搞的嘛，一副可怜兮兮的样子，连笑都不会？

可是，我还是笑不出来，他越说我越笑不出来。

这时，他的脸便暗了下来，说，小妹妹，我算是想明白了，你和我一样，都没有自己的童年。你看我这个驼背的老父亲，多么古板，脑子什么时候都一根筋。比如，我喜欢戏文，他就说那是下九流的营生，生怕我去当戏子，跟着戏班子跑了。除此之外，他管过我吗？知道我心里想什么吗？没有，从来没有。在他的心里，只想着把生意如何做得更大，恨不得把洪江所有的生意都揽过来。他认为只要有了钱，就能把这个院子买下来，就能盖公馆，娶小老婆，买更多的田地。他以为做个有钱的人，是一件多么了不得的事。

钱！钱！钱！有一次三哥当着我的面，冲着他老父亲的背影说，这个人就知道钱！没看见天上的飞机飞来飞去吗？什么时候一颗炸弹落下来，所有的银子都会化成水，你哭去吧。

那段时间，是我在洪江最快乐的时光。三哥带着我到处跑，到处玩，今天去寺庙看做法事，明天去江边看油船，后天去闹市看街头戏班子打渔鼓、舞龙灯、唱民间小调。肚子饿了，他就请我在路边打牙祭，吃洪江血鸭、鸭子米粉、鳌山斋饭……

有这么个大哥哥领着，牵着，有时还把手插在我腋下，将我高高举起来，架在他的脖子上，让路边不少的小孩向我投来羡慕的眼光。此后，我的性格渐渐变得开朗起来，话也多了。啊，关于这个世界，关于这个院子，关于我们共同认识的人，我有太多的问题要问他。

天下苦命人

许多年后，当我读到托尔斯泰的长篇小说《安娜·卡列尼娜》的开篇“幸福的家庭都是相似的，不幸的家庭各有各的不幸”时，马上想到了三哥一家，想到了他这个家就属于“各有各的不幸”一类。而且，三哥这个不幸的让我在乱世中第一次见识到分崩离析的家，早已乱得死结缠死结。如果打个比方，这个家就像一只从高空坠落的坛子，我眼见它哗啦一声，摔得四分五裂。

我首先发现他家的大哥怪怪的，不像一个正常的人。记得我曾问过三哥，我说，三哥，你家大哥好凶啊，他为什么那么对待大嫂？

三哥说，就是，你瞧他那个熊样，就是个恶棍！

他怎么一条腿没有了？从小就这样吗？

不！那是他自作自受。三哥露出一脸的不屑，说，谁让他要去当炮灰，跟红军打仗呢？

到这时我才知道，他家大哥当的是国民党兵，他那条腿是去“围剿”红军时，被红军的子弹打断的。三哥还告诉我，幸亏他大哥早有个相好的，腿断了还愿意跟着他；否则，一辈子别想娶女人。

听到这话，我一阵哆嗦，脑子里蓦然想到了我的爸爸和妈妈，想到了我爸爸当年是红军的一个大官。这么说，大哥丢的那条腿，跟我爸爸妈妈有关？

三哥看出了我脸上的变化，奇怪地问，小妹妹，我说大哥的腿，你紧张什么啊？是害怕打仗吗？

我一阵惶恐，连忙说，没，没什么，打仗多可怕啊。

他说，那当然，子弹不长眼睛，算他命大。

我又问，你说大哥有个相好的，是大嫂吗？

不是大嫂是谁？三哥愤愤地说，也就是她脾气好，忍气吞声。换了别的女人，谁容得他这么野蛮？早一拍屁股走了。

我和三哥是爬到大院的晒楼上说这些话的，看得见院子里偶尔有人走动。当院子里静悄悄时，他压低声音说，小妹妹，你不懂吧？大嫂在武汉当过窑姐，那时大哥常去逛窑子，他们就是这样好上的。

什么是窑姐啊？我惊奇地望着他。

三哥的嘴刚要咧开，又抿上了。他是觉得有些话不好说，一句两句也说不清楚。迟疑了两三分钟，他低声说，这么告诉你吧，做窑姐的都不是正经女人，只要给钱，她们就愿意跟男人睡觉；不过现在大嫂不这样了，那是过去的事。说完，他叮嘱我说，这是秘密，不许对别人说啊！

怎么会是这样？我茫然地望着三哥。

我眼里的刘家大嫂，是一个可怜而又善良的女人，什么事都逆来顺受。她在这个家里地位低下，可有可无，永远招人白眼儿。从三哥家门前经过，我总看见她苦着一张脸，不是在做饭，就是在缝缝补补，就像一个从乡下雇来的老妈子。不，比老妈子还老妈子，简直就是个奴隶。让人气愤的是，大哥对她态度恶劣，动不动就训斥她，打她，骂她丧门星、脏货；还把她在武汉辛辛苦苦挣下的血泪钱，拿出去赌博，输了个精光。大嫂有什么办法呢？她是个弱者，是众人眼里的下贱女人，只能以泪洗面，任人欺负。

养母带着我刚住进这个院子时，大哥正闹着分家，逼着他父亲刘老倌把家里的财产分他一半。他狠狠地骂他父亲是个吝啬鬼、守财奴；怒斥他父亲说，你个老不死的，你想把钱财带进棺材里去？目的没达到，他就拿病病怏怏的大嫂出气。在夜里，常常能听见大嫂的哭声。

三哥是刘家唯一客客气气对待大嫂的人，他同情她，可怜她，在她需要保护的时候，三哥勇敢地站出来为她说话。有件事，我的印象特别深刻：湘西有一个习俗，一家人围在一个桌上吃饭，但女人是不能上桌的，像大嫂这样的人更没有人会想到她。但三哥不，家里每次吃饭，他都要等待大嫂一块吃，大嫂提起了筷子，他才动筷子。这时候，家里其他的人包括请来的伙计，都一抹嘴巴离席了，桌上只剩下清汤寡水、残羹剩饭。

三哥对大嫂深怀同情，让我看到他是个与众不同的人、早熟的人，不像他父亲刘老倌说他是个下九流，好吃懒做。

我第一次看见刘家大嫂的时候，她已经病得比较厉害了。她得了大肚子病，像怀了七八个月的孕。她用手托着肚子，走起路来格外吃力。但从未听说她生过孩子。有时候我饿了，跟着三哥进他家厨房里找东西吃，十回有八回看到她在熬药，陶制药罐咕嘟咕嘟的，满屋子飘着很苦的味道。但刘家人对她的病讳莫如深，她自己也是。

除去做家务和为自己煎药，大嫂常做的事，是做鞋，做她脚上每天穿着的那种白鞋子。没完没了地做，没日没夜地做。三哥告诉我，大嫂总穿这种白鞋，那是她为自己母亲戴孝，自她母亲死后就没有断过。

原来，大嫂是天下最命苦的女人！

关于她母亲的死，有两种说法。一种是在逃难的路上，她母亲被追赶而来的日本鬼子强奸后，当天便跳河自尽了，连尸体都没有找到；另一种是她是被日本鬼子的飞机炸死的，当时十几岁的大嫂跟着母亲逃难，曾目睹了这一幕：炸弹爆炸后，她被巨大的气浪掀倒在地，爬起来发现母亲不见了，和母亲走在一起的人也不见了；她找来找去，只找到一块块碎肉，一条条残肢断臂，根本分不清是谁的。

以后大嫂跟着继续逃难的人，一路流浪，踉踉跄跄地走到了武汉。但她举目无亲，无处落脚，最终被骗进了妓院。当老板逼着她去接客时，她才知道自己沦落到了什么地方。但是，一个清白的乡下女子，怎么忍受得了这种屈辱呢？她大声地哭啊，闹啊，逃跑啊，可都无济于事。后来，她就当自己死了，当自己是行尸走肉，把身体任意交给男人去折腾和作践。这时候，她唯一的自我安慰，就是做鞋，做一双双白鞋，为母亲戴孝。

大哥的部队当时驻在武汉，正奉命向洪湖开拔。巧的是，洪湖革命根据地正是我父亲他们开辟的，国民党军同那里的红军打仗，其实就是同我父亲带领的部队打。大哥他们知道我父亲带领的红军厉害，担心再也回不来了，出发前，纷纷涌进妓院寻欢作乐。他就这样认识了大嫂。

得知大嫂的身世，当时还心存正义感的大哥可怜她，同情她，对她说，他的家在离武汉不怎么远的湘西洪江，父亲做木材生意，有点钱；打完这一仗，只要他能活着回来，他一定想办法把她赎出去，带她回洪江过寻常人家的日子。

大嫂泪流满面，当即答应了大哥。那时她想，不管大哥家里是真有钱还是假有钱，只要不嫌弃她，给她个遮风挡雨的地方，她就跟他走，哪怕走到天涯海角。因为，她早就想过，像她这样的下贱女人，在妓院过的不是人的日子，留在那里何时是个头？

结果大哥人是回来了，但一条腿没有了，成了一个残疾人。他问大嫂还愿不愿意跟他走，大嫂说愿意，提起包袱就跟他来洪江了。

大嫂是真想重新做人。进了刘家，她不忌冷眼，竟在众目睽睽之下，虔诚地跪在他家的祖宗牌位前，痛心疾首地向他们忏悔，还把她多年攒下的首饰交了出来，希望这一家死去的人和活着的人，能宽恕她、接纳她。但这个女人太天真了，她不知道自己的身子在别人眼里，永远是肮脏的。最要命的，是大哥像换了一个人，露出了凶狠的一面，稍不顺眼便对她拳脚相向，好像只有不断地骂她，打她，才能证明他和她不是一路货色。

悔之晚矣，大嫂终于被熬得贫病交加，走投无路。

大哥和大嫂的这些故事，凡三哥知道的，他都给我说了，听得我的眼泪稀里哗啦地流出来。我那时小小的年纪，还以为自己的命苦，没想到大嫂的命才叫苦；跟她的苦比起来，我的苦就简直不是苦了。

我对三哥说，大哥不算一个坏人，他救了大嫂。

三哥说，怎么说呢？他是救了大嫂，但是，你光救她、娶她做老婆有什么用？关键是要把她当人看，不能歧视她，欺负她。大哥这个猪脑子，他也不想想，大嫂答应给他当牛作马，他就真把人家当畜生啊？要是换了我，早去跳江了。像大嫂这样活着，真是生不如死。

话虽然说得恶狠狠的，但我基本同意三哥的说法。大哥性格粗野，脾气暴躁，不仅对大嫂，对谁都凶巴巴的；他人残废了，还拖着那截空空的裤管在外面瞎混，酗酒、赌博、抽鸦片、逛窑子，什么烂事都干，谁都说他是个浪荡子，在背后戳他的脊梁骨。

对自己的这个哥哥，三哥恨他反复无常，怒他残酷无情，但对他的堕落却心生怜悯。在沉默很久后，三哥说，也许怪不得他呢，是这个社会太黑暗了，太残酷了，让他变得人不人，鬼不鬼的。但愿抗战胜利，把日本人赶跑了，大家的日子能好起来。

说完这些话，三哥发出重重的一声叹息。

三哥逃向飞虎队

三哥在晒楼上给我说出那个惊天秘密时，天空正好有一架飞机飞过。是一架飞得很低的运输机，巨大的轰鸣声把屋檐上的瓦震得瑟瑟颤抖。我大声地对他说，三哥，你刚才说什么？我没有听清。

他没有接话，昂起头望着那架飞向芷江的飞机，直到它变成天空中一个小小的黑点。然后，他回过头来，眼睛里放出少有的光芒，对我的称呼也改变了。他一字一顿地说，捷生小妹妹，我要走了。这是我最大的一个秘密，只告诉你一个人，你得为我保密，对谁都不能说。

我的耳朵被飞机的引擎声震麻了，正处在静音状态，但还是听清了他的意思，却没有意识到事情的严重性。我说，三哥，你要去哪里？

他有些失望的样子，加重语气狠狠地说，你听好了，我要离开这个家，离开洪江，走得远远的。

听见这话我有些慌了，说，三哥，你别吓唬我啊。

他的眼里溢出几分怜悯，忽然感伤地说，捷生，我真把你当小妹妹了，决不是吓唬你。再不离开这里，我会疯掉的。

那你要去干什么？还说要走得远远的？

说出这句话，我声带发颤，眼泪就要夺眶而出。在洪江这么多年，我对养父的养育之恩没齿难忘；对多少有些冷淡的养母，也说不出什么不是来。我知道，陷入这个年代，我能活下来就不容易。但每天躲在屋子里的日子，实在让我过怕了。现在好不容易冒出来一个三哥，他对我又这么好，却突然要走了，我不禁有些着慌和害怕。

三哥猜得出我在想什么，他倚着我身边的栏杆，一只手搭在我瘦削的肩膀上，一只手帮我擦去流出的泪水。他说，捷生，你信不信？我把你当成我的亲妹妹，才告诉你这个秘密的，别的人我谁都不说。实话讲，我也舍不得扔下你。但我已经长大成人，必须去为国出力了。

你要去当兵？！说出这句话之前，我突然想到了他家大哥，想到他被红军打断的那条腿，心里更害怕了。

捷生，你真聪明！三哥激动地说，我真是要去当兵，去云南中美飞虎队当空军。想了想，他觉得应该说得更明白一些，又说，抗战快要胜利了，我想马上参军，马上上战场，同日本人痛痛快快地打一仗 。最好能驾驶飞机冲过去，炸死那些狗东西。抗战胜利后，不管是延安还是重庆称雄，我希望共产党和国民党继续合作，共同建设我们这个多灾多难的国家。我们有四万万人民，再不能被人欺负了。

我的心怦怦地跳起来。三哥的话我似懂非懂，但我清清楚楚地听见他提到了“延安”两个字。我想，我的爸爸妈妈就在延安那边，如果共产党和国民党继续合作，他们就真的会来洪江接我了。可我不敢说出来，因为养父生前一直不让我提延安，更不让说我是贺龙的女儿。

这时，三哥从口袋里掏出一张叠好的纸，郑重地递给我说，这是留给我老父亲的一封信，你给我藏好了，一定要藏好！十天半个月后再拿出来交给他。在交给他之前，你要装成什么都不知道。无论他们怎么找我，怎么问你，你都不能把实情说出来，做得到吗?

我的手在颤抖，捧着那封信像捧着一团火。这个秘密太大了，一个说起来十岁，实际上只是九岁多的小女孩，怎么承受得了？我感到我就要被那团火烧着了。

看见我这副模样，三哥不禁笑了，说，没关系，你把信藏好就是了，藏在只有你才能找到的地方。我相信你能做到，一定能做到！

我想到三哥把我当成了他最信任的人，认真地点了点头。心里想，如果我不答应，他肯定会看不起我，说这些日子枉对我好了。

帮助我把信藏进身后屋柱的一条裂开的榫缝里后，他踩着木楼梯，从晒楼嘭咚嘭咚地走下去。进了前院他家的时候，三哥稍微耽搁了一会儿，然后出现在院子门前的石板路上，连头都没回过。

我站在晒楼上亲眼看着他离去。后来我得知，他在自己家耽搁的那一会儿，是进了大嫂的屋子。他大嫂已瘫在床上，这时正在咻咻地喘着粗气，差不多奄奄一息了，他给这个可怜的、不久就将去世的女人，扑通下了一跪。

我至今弄不清楚，三哥为什么要以这种方式，离开我们共同住着的刘家大院，离开他的家？

三哥的父亲刘老倌，是在三哥出走后的第五天或者第六天才发现他失踪的。头几天，他就觉得有些反常，因为桌上三哥吃饭的碗筷总是空着。那时他家的大哥已基本不着家，天天在外面混；大嫂不需要吃饭了，只能躺在床上吃药。在老人的身边，只剩下几个伙计。

那天，在几个月前替补大嫂做饭的老妈子，撩起围裙擦着手，小心翼翼地对刘老倌说，老爷，三少爷有几天没回家了。

晓得啦，刘老倌咕哝一声。他本来就没有多少话，又正在生闷气，脸色像雨天那样阴沉。老妈子见他不当回事，自己走开了。

快过一个星期了，桌上那副碗筷还空着，刘老倌心里慌了，让伙计们满大街去找三哥，还特别交代伙计们要去那些戏班子里找。他断定三哥是跟着戏班子跑了。但是，在洪江，哪里还能找到三哥的影子？就是把街巷里的每块青石板翻过来，也找不到他。

刘老倌沉着一张脸，到赌场求他家大儿子也去找。他家大哥连屁股都没有抬一下，说，他跑了关我什么事？他愿意跑让他跑去！刘老倌气得脸色大变，明白他这个大儿子心黑了，正在盼着独吞他的财产。

第七天，第八天，请了更多的人去找，所有的地方都找过了，还是没找到。刘老倌这时说，去江边问问，看看是否打捞过落水的人。他想，三哥对他不理不睬，性情古怪，说不定是活得不耐烦了。但是船夫们说，这些天风平浪静，没有发生过投河跳江这种事。

他们当然也会盘问我，刘老倌问过，其他人也问过。我只是摇头，拼命地摇头，一副吓坏了的样子。养母还关上门，软硬兼施地来套我的话，她说，死丫头，三哥最喜欢你了，天天带你一起玩，就没有发现一点蛛丝马迹？我还是摇头，急得直想流眼泪。

他们大概觉得三哥活得无聊，他经常带我玩，只是寻开心而已，不可能跟我这个屁事不懂的小姑娘说实话，因而很轻易就放过我了。

那些天我简直度日如年，时刻都在察言观色，看这件事到底会有什么结果。刚开始那几天，没有人想起三哥，我就有些沉不住气了，一有机会就爬上晒楼，看看那封信是否还藏在屋柱的那道榫缝里，怕它被哪只鸟儿叼走了。下雨的时候，我也去看，担心雨水会把它打湿，其实那是雨水淋不到的地方。人们发现三哥不见了，到处去找，我又惶惶不可终日，总跑到前院去看他们是否找到了，虽然我知道他们是肯定找不到的。有几次，我都感到自己憋不住了，差点要说出那个秘密。

到了三哥交代的第十天，我想他一定到昆明了，又跑到三哥家去看动静。三哥家冷冷清清的，请来寻找他的人都散了，只有大嫂还独自躺在床上喘气。我赶紧溜出来，往他家的店铺里跑。

三哥家的店铺几天前就关门了，我看见门边有一条缝，从门缝里溜了进去。眼前的情景让我怀疑是在做梦：刘老倌趴在柜台上，正在哭泣，瘦削的肩膀一颤一颤的。这个脸上从来没有表情的人，看上去是那么悲伤，那么可怜，不知道他是为三哥，还是为他自己。

听见动静，他茫然从柜台上抬起头来，一见是我，急忙擦去老脸上的泪水，声音嘶哑地说，小丫头，你找我有事？

我点点头说，刘爷爷，三哥没有死，他留下了一封信。

刘老倌的脸色唰的一下白了，一把抓住我的小胳膊，用力地摇晃，他说，这是真的吗？你没有诓我？你三哥的信呢？快给我拿出来！

我告诉他信藏在晒楼上一根柱子的榫缝里，他当即拽着我往晒楼上跑。跑到楼梯下，他松开手，自己慌不择路地往上攀。

在我的指点下他找到那封信，慌乱地读过，刘老倌气得把信撕得粉碎，又抬起脚往散落的碎片上踩了几脚，嘴里骂道，你这个王八羔子，你这个没良心的，你哥哥当兵都当废了，你还要去当兵？就不怕炮子打死你？……

骂着骂着，想起我还站在他身边，刘老倌恶狠狠地瞪着我，指我的鼻子训我，你这死丫头，前些天不说实话，害得我连死的心都有了。我这就去告诉你姆妈，让她罚你跪祖宗牌。说着他扔下我，独自下楼梯，最后那几级，是呼啦一声哧溜下去的。

我回到家里，刘老倌已告诉养母我撒谎的事。我想这顿暴打是少不了的，可心里想，你要打就打吧，我完成了为三哥保守秘密的任务，挨一顿打有什么要紧？打多痛我都忍着，不哭。可这是上午9点钟左右，正是养母最困的时候，她软塌塌地从床上爬起来，指着养父的遗像说，死丫头，你知道做错了什么，给你瞿伯伯跪下。

我就在养父瞿玉屏的遗像前跪下了。但是，说来也奇怪，过去养母每次逼我给养父的遗像下跪，我都会伤心流泪，唯独这次一点儿也不伤心，一滴泪也没有。真的没有。

事情过去几个月，三哥从云南给我来信了。这是我平生收到的第一封信。他果然当上了空军，随信还寄来了一张照片。在照片上，他穿着美式空军服装，特别漂亮，特别英武。

遗憾的是，我再也没有收到三哥的第二封信。

我们都知道，在抗战胜利后的第四年，中国天翻地覆，江山易主，三哥所在的那个曾经无比强大的阵营土崩瓦解，灰飞烟灭。不知道三哥是步他大哥的后尘，成了国民党的炮灰；还是流落到台湾或其他什么地方，成了一个有家难回的游子?

三哥的死活，对我来说，至今还是一个谜。

断线风筝

天下着雨，江边停着两只木船，一只装着养父瞿玉屏的棺木，一只坐着养母和我，还有简单的几件行李。船是往乾州方向走的，我寄养在洪江的八年岁月，就这样随着纷纷飘落的雨沉进了记忆。

1945 年盛夏的一天，常来洪江轰炸的飞机再次飞临洪江上空，投下一颗颗炸弹，其中一颗炸弹落在我们住过的塘陀巷宝庆馆附近那家邮局的屋顶上，把邮局炸得墙倒屋塌，燃起的熊熊火焰把天都烧红了。

从六七岁懂得一些事后，心里一直牵挂，后来才知道是我父亲和母亲从前线，还有我父亲交代上海地下党给我寄的邮包，再也不可能从那里送出来了。养母和我此时租住的刘家大院附近，也遭到了轰炸，有一颗炸弹落在附近的街道上，我那条可爱的小狗在此起彼伏的爆炸声中，像发了疯似的上蹿下跳，不幸被炸去了半边脑袋，豆腐脑一样的脑浆顺着耷拉的耳朵和眼睛往下流。张开大口拼命喘气的小狗在临死前，还伸出舌头，舔自己的脑浆，可怜死了。让我铭心刻骨的是，从那天开始，养母和我无法在洪江平静地生存下去了，我们被迫加入到逃离洪江的人群中。

养父最后引我见过的那个罗伯伯，在这个时候出现了，他帮我们雇了两条小船，往湘西的另一座小城乾州转移。在那儿，他为我们租好了房子，买好了养父下葬的墓地。养父生前说过，为了我的安全，他甘愿魂归他乡。

后来我才弄清楚，罗伯伯名叫罗文杰，是养父瞿玉屏的永顺同乡，早年和养父一起在我父亲贺龙麾下当兵，但他没有参加南昌起义，因而始终没有离开原来的阵营，衔至国民党军少将，在湘西从事情报工作。他愿接手养父继续保护我，除去对我父亲的尊重，和他们同过生死，私交深厚外，还与养父在延安接受了八路军总部的指令把统战和兵运工作做到了他身上有关。罗文杰是个识时务的人，他对自己的前途和命运早有深谋远虑。否则，就不能解释他作为一个国民党将军，明明知道我是贺龙的女儿，为什么还能施以援手，毕竟国共两党是水火不相容的。

我的真实身份，是养父与罗文杰在床前密谈那天，养父向他和盘托出的。养父不想把秘密带进棺材里，他对赶来为自己临终送别的这个割袍相交的朋友说，文杰兄，你不知道，我女儿瞿捷生，其实并不姓瞿，与我没有血缘关系。说出来你不相信，她是贺龙贺胡子的亲骨肉。民国二十六年我和光远兄去陕北找贺胡子时，他马上就要带领部队东渡黄河，去与日本人决一死战了。我们主动提出帮把他把女儿带回洪江抚养。为此，贺胡子还向八路军总部申请了三年抚养费。贺胡子当时说，为了孩子的安全，给光远兄和我谁做女儿，跟谁姓都可以。但这种话，我怎么敢当真呢？现在，光远兄不在了，我也没有福气把她养大，不能亲手把她交回给贺胡子，希望你能接手帮他一把，至少不能让孩子有个三长两短。养父又说，天下这么大，国共两党这样斗下去，谁胜谁负殊难预料，你总得给自己留一条后路吧？罗文杰说，玉屏兄，这些我懂，保护贺胡

子一个孩子，我能做到。事实证明，罗文杰是一个一言九鼎的人，他说到也做到了。不过，这是后话。

令人称奇的是，当我们离开洪江时，刘家大嫂也走到了生命的尽头。那天，我们离开刘家大院往江边走，院门口停着她的棺材，正准备出殡。

这个可怜的女人来到这个世界后忍辱负重，遍体鳞伤，死对于她来说，是一种解脱。让人感到凄凉的是，她年轻的时候不知道伺候了多少男人，最后却只有一个男人送她上路。当唢呐呜咽，纸钱飞舞，我看见刘家大哥面无表情地扶着那口薄皮棺材，摇摇晃晃地向城外的山冈上走。湿漉漉的风吹着他那截空空的裤管，像吹着一面白幡。

船离开码头的一刹那，我百感交集，思绪如麻。我在心里说，洪江啊，七八年了，我就要离你而去了。在你的怀抱里，我虽然无数次哭过，悲伤和迷茫过，但你用仁爱呵护了我，抚慰了我，让我在国民党的眼皮底下平平安安地长到了十岁。我还想说，洪江，你无愧于我，有恩于我，我永远不会把你忘记，但如果说还有什么遗憾，是你欠了我一样东西。因为在你的怀抱里，我失去了童年，没有得到我在童年本该得到的欢乐。

还有一事必须交代：因为养父瞿玉屏的死，还有塘陀巷宝庆馆附近那家邮局被日本飞机炸毁，我父亲和母亲同我这个苦命女儿的唯一一缕联系被无情割断了，而我在抗战胜利后本来可以回到他们身边的机会也失去了。那时候，因为小，不懂事，我还在心里责怪他们心真狠，肯定不要我了，我在心里既想念他们，又恨他们。

实际上，在日本投降后，我父亲和母亲都急于把我找回去，他们一次次给我养父瞿玉屏写信，一次次在远方对我发出呼唤，但全部如泥牛入海，没有收到任何回音。情急之下，我思儿心切又忧心如焚的母亲，想到了用大海捞针的办法，即通过我父亲 1927 年在上海短暂从事地下斗争时结识的一个老朋友、此时跟着周恩来在重庆《新华日报》任经理的熊瑾玎伯伯，在《大公报》上刊登寻人广告，但仍然没有把我找到。

68 年后的 2013 年，我在军事科学院工作时的老部下、党史军史专家刘统教授，在上海图书馆翻出 1945 年在重庆出版、早已纸页发黄的《大公报》合订本找资料，无意中在竖排版的密密麻麻文字缝隙里，发现了我母亲 1945 年 10 月 22 日至 23 日托熊瑾玎在《大公报》连续两天刊出的这条只有两指宽的小广告，马上用手机拍下来传给我。

广告是如下一段简短文字：

瞿玉屏兄鉴：

别后九年，不知消息，至念。望兄见报后，即将通讯地址示知。来信请寄重庆《新华日报》熊经理收转。

可惜此时我的两个养父，秦光远于1940年在湖南沅陵死得不明不白，瞿玉屏1944年冬死于日军飞机轰炸，都没有活到亲手把我交还给我父亲的那一天，也没有活到看到我母亲在报纸上登广告寻找我的那一天。而我的养母杨世琰，一个被大烟耗损得形销骨立的女人，此时正隐姓埋名地领着我蜷缩在乾州的一个破败和阴暗的角落里，她怎么可能看到那两天在重庆出版，而且那么高端的《大公报》呢？

隔着68年时光，当那则姗姗来迟，只有两指宽的小广告出现在我面前时，不仅我父亲母亲，我的养母，还有帮我母亲在重庆《大公报》刊登广告的熊瑾玎伯伯，都早已不在人世了，连我这个当年只有十岁的小姑娘，也成了一个年近八十的老人。想到岁月这般无情，命运如此弄人，到这时，我只有仰天长叹了。

我就像一只断线风筝，注定还要在兵荒马乱的世界上继续飘泊。

— 4 —

成长是一种奇迹

迎着寒风细雨

1945年秋冬时节，从洪江漂泊到乾州，我从我父亲和母亲的隔空眺望中彻底消失了。过去的七八年，爸爸妈妈虽然顾不上我，被迫忍受骨肉分离，但他们毕竟知道我在洪江，在父亲两个老部下的庇护下生长。但随着秦光远和瞿玉屏先后离世，我被迫离开洪江，他们就再也不知道我的生死和下落了。他们往洪江写去的信和寄去的东西，如石沉大海。因此，这也为解放前夕他们寻找我增加了一定难度。

养母和我作为旧中国的一对普通母女隐居在乾州时，国共和谈刚刚开始，国民党蒋介石挑起的那场大规模的内战，很快就将开始。也就是说，这时离我母亲蹇先任 1948 年冬天从沈阳返回湘西来寻找我，还有漫长但看不见任何曙光的三年。

出现在我们面前的乾州，让我们两眼一抹黑。居住的环境是陌生的，邻居也是陌生的，没有任何朋友，也没有一个人主动搭理我们；家里因失去了养父这根顶梁柱，各种困窘接踵而至，生活裂开一道道缝隙。

与洪江相比，乾州是一座更小的城市，也更不为人知。它同样临水，只是从小城旁边流过的万溶江，比起流经洪江的几条江来，简直就是涓涓细流。街道也不如洪江繁华，街道两旁虽然也挤满了屋角相连的小楼，小楼的门楣上也雕梁画栋，但少了许多深宅大院，且多为结构较简单的木楼、砖楼，还有一些摇摇欲坠的土楼，带着更古老也更简陋的湘西原始风貌。唯有一条条用青石板铺成的石板路，与洪江有几分相像。因小城比洪江更小，更原始，人也更少，更淳朴，那些石板路便也更寂寥，更曲径通幽，颇有“人迹板桥霜”的味道。

初始有种落在井里的感觉。在小城里生活的都是当地人，随着抗战的胜利，以往从沦陷区逃到这里来避难的人们，几乎在一夜间走光了。狭窄的街道忽然变得空荡起来，白日漏下的阳光，夜间漏下的月光和星光，伴随着阴晴圆缺，把纵横交错的石板路照得格外空荡。走在石板路上，听得见近在咫尺的脚步声和说话声，却看不见人。好不容易走来一个人，一闪便不见了，原来横竖和你走的不是一条路。夜晚在巷子里走，总感到有人在身后若即若离地跟踪你，鬼鬼祟祟的，你停下来，那脚步声也停下来，吓得你汗毛都要竖起来。如此几番折腾，才明白，原来身后根本没有人，是自己的脚步踏出的回声。

小城的中心，藏着一个小湖，夏日长出一簇簇苇草，漂着一团一团紫色的嫩叶，嫩叶间开着星星点点粉红色的小花。薄暮时分，成群结队的红蜻蜓蜂拥而至，贴在水面低低地盘旋。七八九几个月到来，常有人光着膀子，以手当桨，坐在腰子形的木盆里去湖心采菱。而在湖边，早有人用废弃的汽油桶生好了火，架起了锅，把新采下来的菱角现煮现卖，让你花很少的钱就能尝到新鲜美味。

在小城里住了些日子，胆子稍大，我沿着通往江边的石板路走出城门，看见清澈见底的万溶江从远处缓缓流来，像一根闪亮的弦子。靠近江边的山坡上，青郁郁一片，长满结着累累果实的橘子树。在身边来来回回的，都是忙忙碌碌的女人，这倒与洪江有几分相似。小城的人爱干净，在家里用皂角把衣服粗粗搓洗过，再去江边用棒槌捶打，用活水一次次反复漂洗。在清晨的薄雾中，一阵阵捣衣声，此起彼伏。

站在江边向北望去，在苍茫的山冈上，湘西那道著名的边墙便从视野里浮突出来。几十年后经专家们考证，这一蜿蜒在湘西土家族世世代代居住的凤凰县和吉首市境内的古迹，作为封建社会在多民族杂居地区留下的军事防御体系，与北方的长城遥相呼应，堪称人间奇迹。可惜边墙的砖石历经风吹雨打，霜侵雪蚀，已变得斑斑驳驳。墙根处因雨水旺盛，长出一丛丛密密麻麻比人还高的芭茅草。

发现江边的幽静之后，我经常从家里溜出来，坐在某块石头上发呆。在这样一个地方，两眼茫茫，没有人认识，我可以痴痴地凝望流水，凝望远处莽莽苍苍的山冈。一个眼看要到十一岁的孩子，此刻也有了自己的心思、自己的憧憬和向往，身体里仿佛有一种东西在蔓延。

因为我渐渐长大了，有了一定的自理能力，至少不会走出去找不到回家的路，养母放松了对我的管束。发现我常去江边，有一天，她顺水推舟，把一只洗衣用的木盆和棒槌交给我说，你也老大不小了，既然喜欢往江边跑，那就去把衣服洗了。在她看来，我们孤儿寡母流落到这座小城，就像鸟儿衔来的两粒草籽，鬼都不理你，谁在乎你什么时候在这里破土了，什么时候在这里长苗了？但生活还得过下去，小丫头既然要张口吃饭，就不能白白养她，应做该做的事。

我也把洗衣、挑水、做饭这些家务，顺理成章地接过来。养父在临死前揭开我的身世，让我知道我与养母的关系，仅仅因为她与养父是夫妻，我们才共同生活在一个屋檐下。但我知道，一个与我根本没有血缘关系的女人，在养父死去，家里发生那么大变故的情况下，依然带着我一起生活，没有把我赶走，她对我如何地严酷，如何地恶，我都得忍着。我想，至少她还念着养父的旧情，给我一碗饭吃，让我有个栖身之地。说得简单些，我们是各自搭把手，共同把日子过下去。

我们住着的周家大院，是乾州少有的一个非常驳杂的院落。前院有个花园，种着五花八门的花草，我记得有紫竹、菊花、月季、含羞草，还有一些我叫不出名字但可以用来治疗拉肚子的草药；后院有一个不小的园子，种着柑子和柚子等几样果树，还有属于各家的几畦菜地，长着绿油油的蔬菜。院子进出的门楣也不显眼，是看了让人不大容易记住的那种，倒是进门后那道类似北方影壁的木屏风十分别致，既有细密的菱形窗格，又有花鸟鱼虫图案的雕刻。肯定是战乱不休的缘故，当我开始在院子里进进出出时，院落已现出颓败的迹象，掉落的墙皮没有人补，台阶多处破损，显得斑斑驳驳的；屋檐下的檩条经漏下的雨水反复浸泡，不少地方腐朽得耷拉下来；花园里的花几乎都开败了，满是枯黄的狗尾巴草。

院子里住着周家和黄家两个家族，都不怎么兴旺。周家的父亲早年在凤凰当县长，妻子是苗族，算是官宦人家。可能在别处另有房产或妻室，县长难得一见，更难得与妻子同时出现，长年住在这里的是他们的一个儿子，叫周洪渊，文质彬彬的。住了些日子后，彼此熟了，我叫他周大哥。他在杭州读过大学，性情温和，说话不温不火，看上去颇有教养。他娶的女人，因名字里有个“翠”字，我们都叫她翠姐。这个翠姐尽管没读过书，却天生丽质，是小城里的一枝花，与周大哥搭配算是郎才女貌。黄家是生意人，不知在哪条街上开着店铺，也难得露面，他们请了一个六十多岁的老太太帮助管家，大家叫她麻子奶奶。遗憾的是黄家无子，他们从兄弟家过继来一个女孩，和我差不多大，后来我和这个叫黄昆玉的女孩，成了几十年的朋友。

对照同一个院子住着的周、黄两家，与其说养母和我也住在周家大院，不如说我们是借人家的一个屋檐避雨。因为，随着养父的离世，家里断了经济来源，生活无可奈何地露出了它的败相。养母的大烟抽得更厉害了，每天早晨她睁开眼，脸不洗，头不梳，就躺在那里过烟瘾。抽完烟接着睡，直到中午才起床。醒来了她也没精打采，哈欠连天；家道明显中落了，吃的，住的，铺的，盖的，能凑合就凑合，能将就便将就；我的存在，成了她眼里的一件多余的东西，这也不对，那也不该，嘴上没完没了地数落，好像我是她的讨债鬼，生下来就欠了她的。

我一个十岁出头的小姑娘，本来就个子矮小，发育不良，被逼无奈，早早学会了伺候养母。白天除去帮佣做两顿饭，其余的事，我样样都得去做。养母还像过去那样嗜烟如命，嗜牌如命。除去继续抽大烟，就是邀人打牌，昏天黑地地打。每天她深更半夜打完牌回来，喊肚子饿了，马上要我给她备夜宵，或者为她热帮佣在白天做好的莲子羹。因家境江河日下，我很久没有添新衣服了，只把养母穿旧了不要的，随便套在身上，晃晃荡荡的。脚上穿的鞋也一样，让我羞愧的，倒不是这些旧鞋子有多么大，穿在脚上多么空荡，而是两个大脚趾老从破洞里钻出来。院子里哪家来了客人，见面前我先把穿着破鞋的脚缩进裤腿里，实在藏不住了，就把大脚趾勾回去，不让它们钻出来丢人现眼。

如同从笼子里放飞的小鸟，乾州给我带来最大的欣喜，是能背着书包去上学了。因为养父健在时用免费提供住房的方式换取两个外来逃难的人做我的家庭教师，给我正规教过一段时间的课，帮我打下了很好的底子，当养母领着我去一所小学报考时，直接考取了五年级。

说句心里话，像我这种境况，在该上学的时候没有失学，已经是一件相当幸运的事了。否则，推后十几年，我是不可能凭着自己的实力直接考取北京大学的。正因为如此，对待养母，我始终遵循打不还手，骂不还口的原则，逆来顺受，忍辱负重，试着做一个知恩图报的人。受了多大委屈，只顾憋在肚子里，把自己泡在泪水里。

乾州那条石板路

当年的乾州还有完整的城墙,我们住着的周家大院邻近城墙的西门,从周家大院去上学的路,是一条让我记忆深刻的石板路,经过观音堂、县衙门、县政府……早晨我简单地扒拉几口饭,踩着高高低低的青石板,啪嗒啪嗒地跑去上课,得走半个多小时。每天必须走三个来回:上午去上学一趟,中午回家吃饭一趟,夜里去上晚自习一趟。

说到底,我对乾州这座小城的记忆,就是上学的记忆,还有就是在那条石板路上反复颠踬的记忆，这其中，也包括穿什么鞋的记忆。

一个已经知道羞耻的少女，穿着一双肥大的露出脚指头的鞋，每天跌跌撞撞地跑去上学，沿路上，走路就像拖着两只小船，那样子实在有些古怪和滑稽。有时，走得急了，左边的鞋踩上右边的鞋，人就像鸟儿那般飞出去。这让我深深地记住了这条石板路的冰凉和光滑，记住了我常常在路上摔跤。虽然一般不会磕出血来，但膝盖马上就会鼓出一个青色的包，像小牛的头上长出一只角。无比狼狈的是去上晚自习，别的同学有人接送，还有手电或火把一路照明，我只能借着月光和星光，像个幽灵似的在小巷子里来回奔走。遇到阴雨天，乌云遮月，路上黑漆漆的，我只好高一脚低一脚地凭着感觉走，或者偷点别人家漏出来的灯光向前走；因为鞋子太大，穿在脚上空空荡荡，滑溜溜的，有时候走着走着，不免踢出去一只，得停下来像摸鱼那样摸半天。

到了夏天，我干脆光着脚走，把鞋拎在手上，像拎着两条臭烘烘的咸鱼。不过，这样反倒走得更快了，更稳了。哪天起晚了，怕上课迟到，索性一路小跑，任两只赤裸的脚噼噼啪啪地打在石板上。那种从脚板心传来的冰凉而又微痒的滋味，至今想来，依然感到麻酥酥的。

小孩子见面熟，大概过了两三个月，我认识了在黄家帮佣的麻子奶奶和他家过继来的那个小女孩黄昆玉。周家的周洪渊大哥，还有他长得漂亮的女人翠姐，也叫得出我的名字。麻子奶奶心善，嘴碎，带着昆玉睡在同一张床上。她见我和昆玉常在一起玩，也像对待昆玉那样对待我。有时我在她家玩到深夜赖着不想走，麻子奶奶便会收留我，让我和她们在一张床上睡。她睡一头，我和昆玉睡另一头。麻子奶奶人老了，俏皮话多，经常和我们两个孩子闹着玩。她看见我鞋子上的破洞越来越大，喃喃道，造孽啊，造孽啊，接着便逗昆玉，说，昆玉呀，你和捷生是好伙伴，好朋友，你看她穿着这么双露出脚指头的烂鞋子去读书，几丢人啊，你把鞋子借给她穿几天吧？我在前面说过，昆玉不是黄家亲生的，又是个赔钱货，在家里也不怎么受待见，脚上只有这一双鞋，同样有寄人篱下的凄楚。听麻子奶奶说要她把鞋借给我穿，她信以为真，吓得大冬天的立刻从床上蹦下去，把她的鞋宝贝似的提上来，抱在怀里睡觉，生怕我在她睡着的时候，把她的鞋穿走。

周洪渊大哥和翠姐就是在这个时候走近我的，对我格外垂怜，虽然事后证明，这与他们的小儿子上学有关。周大哥的小儿子叫周万印，前些年刚去世，比我和黄昆玉小几岁。我和黄昆玉在院子里打打闹闹的时候，他像跟屁虫那样跟着我们玩，讨好地叫我们俩姐姐。我上学后，周大哥也把儿子送到了同一所学校，读一年级。周大哥和翠姐都在外面做事，送小万印上下学便成了一件让他们头痛的事情。

是马上就要过年的一天，学校组织聚会，我正愁着脚上的鞋穿不出去，周大哥忽然给我送来一双新鞋，我穿在脚上正合适，原来是他们悄悄地比着我的脚买的。我想不出周大哥为什么要给我买鞋，高兴得把那双鞋久久地搂在怀里，生怕它长出翅膀飞走似的，心里仿佛有一朵花在绽开。周大哥请我今后捎带着接送他儿子上学，我当场便答应了。因为周大哥送给了我平生最想得到的一样礼物，给了我一个少女最不想失去的脸面。我想，这多贵重啊，我没有理由不答应他。

第二天，我早早地穿上那双鞋，高高兴兴地去接周万印，牵着他一起去上学。放学回到家，第一件事，就是把鞋脱下来，掸去泥土，小心地放好。这样一日三次，不厌其烦，怕早早地把鞋穿坏了。

周万印个子矮，还未完全长开，连鼻涕都不会自己擦；有时候还会撒懒，自己能走也不走，要我背着他走。夜里去上晚自习，还有下雨天，下雪天，小屁孩赖着我背他，我从不推辞，也不抱怨。

再去上晚自习，周大哥为我们准备了一只小灯笼。

尽管还是走那条光滑如镜的石板路，尽管我小小的年纪，小小的身子，经常背着一个和我体重差不多的小男孩在上学的路上来回走，每天被压得呼哧呼哧的，但因为脚上穿上了一双体面的不再露出脚趾头的鞋，从此我感到在人前人后，终于能抬起头来了。

又见史先生

如果时间可以倒流，1946 年，当我戎马倥偬，即将投入与国民党生死大决战的父亲和母亲，在战争的间隙突然想起在九年前托人带回湘西抚养的女儿，不知她是否还活在世上时，他们肯定想不到，在此时此刻，他们这个苦命的孩儿，却穿着国统区的少女们在学校穿的那种白衬衣、黑裙子，行走在湘西保靖县省立八中那座美丽而幽雅的校园里。

命运的山重水复，峰回路转，连我自己也觉得像雾里看花。

这年仲夏，我在乾州插班读五年级刚满半年，因成绩优异，学校推荐我提前参加中学招生考试。和我半年前直接考取小学五年级一样，这次我没费什么力就考取了乾州民族中学。消息传开，同学们都用艳羡的目光看着我，说我真是一块读书的料。我自己也欢喜，心想，现在我终于可以把过去耽误的时间抢回来了。但录取通知书一下来，我傻眼了：这所中学的学费非常昂贵，每个学期要交两担稻谷。

两担稻谷？养母听到这个数字，吓得两只眼睛瞪大了。她说，别高兴得太早了，你知道两担稻谷是多少？给你打个比方吧，是我们两个人半年的口粮！接着她说，不是我心狠，是你瞿伯伯留下的那点钱，早就用光了。家里的东西你也看到了，能卖的都卖了，能当的都当了。现在我们连饭都快吃不起了，如果再供你上学，我们就只能喝西北风了！然后说，这学我们不上了，在家待着。

我一个寄养在别人家的孩子，没有养活自己的能力，见养母被两担稻谷难倒了，决定不再供我读书，心里凉了半截，像大热天掉进了冰窟里。我记得养父生前说过，他已经备足了我的学费，但他去世后，养母还像过去那样抽大烟，打牌，坐吃山空的现实我不接受也得接受。何况往后还要租房、吃饭、请帮佣，家里有多大的经济实力，能支撑多久，我没有任何发言权。还有，养母是真供不起我读书，还是厌恶我，压根就不想再让我上学了，只有她自己知道。

我当然不甘心。你想啊，我才多大呀，个子又那么小，从此就要待在家里洗衣服、做饭、倒马桶，服侍养母？这太残酷了吧！

想不到事情在半个多月后，出现了转机。

那天，养母的脸突然放晴了，笑嘻嘻地对我说，小丫头，有好事了。你还记得你瞿伯伯在洪江为你请的那个教你数学的家庭教师史先生吗？他离开我们家后，去了保靖，如今在鼎鼎有名的保靖省立八中教书。你如果还想上学，就得离开乾州，跟他到保靖去读书。

我不知道事情的变化是怎样发生的，听说还能继续上学，十几天没有的笑容又回到了脸上。实话说，我当时还没有地理概念，不知道乾州离保靖究竟有多远，更不知道养母忽然同意我去保靖读书，是真的不想耽误我，还是要把我推出去。不过，既然是跟着史先生去上学，他至少不会把我卖了吧？道理明摆着，跟着养母或跟着史先生，我都需要看别人的脸色。既然还能读书，那我就没有其他选择了。

史先生当年是在逃难路上被我养父瞿玉屏收留的，我死去的养父和这个家对他有救命之恩。再就是，他当过我的家庭教师，教过我读书，几年在一个房子里朝夕相处，相互间多少也有些感情。

我见到史先生才知道，他有个和他同时流亡到湖南的弟弟，抗战胜利后在省教育厅找到了一份工作，随后帮他这个哥哥在保靖省立八中谋得一个教书的职位。然后，史先生在老家福建的妻子带着他们自己的孩子，还有他弟弟的一个孩子，也投奔他来了。他自己在保靖省立八中当老师，把妻子和家安在所里（现在的吉首市），一直两头兼顾。当时长沙在抗战中迁往湘西各地的学校正陆续往回迁，教学秩序还没有走上正轨。作为一个条件，他弟弟又把另一个孩子送到所里让他照料。史先生的薪水本来就不高，家里养着四五个孩子，在经济上不堪重负。

知道了这些，我心里的疑问也冒出来了：史先生有他自己的家和孩子，外加两个亲戚家的孩子，肩上的担子已经够重了，为什么还能把我带在他身边？我到保靖省立八中上学后，随着他妻子不断地打上门来，这个疑问也变得越来越强烈，越来越猜不透。

我想，史先生是个有知识的人，因养父生前对他的关照，而知恩图报，这固然可以成为他收留我的理由。但他扔下好不容易团聚的妻子，特别是扔下同样也要上学的孩子，把我带在他身边，这个人情对养母和我来说，实在太大了。正因为这样，他遭到妻子的反对，也合情合理。那么，是养父去世后他与养母惺惺相惜，有过人们猜测的那种暧昧关系吗？但这个猜测在我的眼里不仅找不到任何迹象，也不足以成为他对我如此偏心的理由。因为我非养母所生，而且早就成了她的累赘，他不可能看在养母的面子上勉为其难；又因为他在养母面前，始终是一个被收留被怜悯的对象，从来就没有直起过腰来。

那么，他为什么要自讨苦吃？这对我来说，至今仍是一个谜。

几天后，史先生不辞辛苦，亲自来乾州接我。

一两年没见面，我发现他老了很多，身子弯得像把弓，穿着更是简朴，说话仍带着很重的福建口音。在养母面前，他依旧言语不多，彬彬有礼，保持着主仆之间的距离。领我上路时，他对养母说，杨大姐，你就放心吧，我会像对待亲生女儿那样对待捷生，让她好好读书。养母挥挥手，像赶走什么似的说，史先生客气了，你是看着捷生长大的，把她交给你，我没什么不放心的。

在路上，史先生告诉我，他已经在省立八中为我注册，名字叫史捷生，到了保靖就可以跟他去上课了。我感到有哪儿不对，仰面问他，为什么叫史捷生？史先生是知道的，我原本跟瞿伯伯姓瞿，叫瞿捷生。他猛然收住脚，惊愕地看着我，你姆妈没有对你说吗？学校有规定，每个老师只准带自己的一个孩子在本校上学，你不跟我姓史，他们怎么会同意收你呢？我说不出什么来，茫然应了一声，跟着他默默地走。心里却想，我真是个多余的人，别人让我姓什么就姓什么，好像一件什么东西，你叫它盆就是盆，你叫它锅就是锅。想想，又安慰自己，你想那么多做什么？姓史或者姓瞿，有什么关系呢？不就是个符号嘛！反正我既不姓史，也不姓瞿，而是姓贺，是贺龙的女儿……

想到这里，我吓了一跳，忽然明白了：在湘西，我现在姓史，姓瞿，姓什么都可以，就是不能姓贺，否则小命难保也！

史先生见我的脸色平静下来，意识到我长大了，有自己的心事了，他眼里的惊愕之色逐渐退去。他艰难地吞咽一口唾沫，嗓音嘶哑地说，捷生，不是真让你跟我姓史，做我的女儿，那是做给别人看的。要紧的是能让你继续读书，你懂吗？我认真地点点头，说，史先生，这个我懂，但以后我该叫你什么呢？他张张口，想说什么又忍住了。往前走了几步，像对我又像对脚下的路说，叫我什么无所谓，不让别人看出我们不是父女就行了。又说，捷生，你也不小了，得学会保护自己，我这是为你好。

我知道他对我好。在那样的年月，许多人妻离子散，自顾不暇，他在只准带自己的一个孩子上学的情况下，把妻子儿女晾在一边，让我跟着他去上学，这有多么难得！因此，从情理上说，做他的女儿，在众人面前叫他一声爸爸，也没什么大不了的。可是，说不清为什么，我心里就是感到很别扭，怎么也张不开嘴。

这是有原因的，前面我说过，在洪江宝庆馆他当我的家庭教师时，有一次我好奇地翻他的抽屉，发现他藏着好几张穿着国民党军服的照片，从此我觉得他是一个来历不明的人，跟他就是亲近不起来。

从乾州去保靖，必须分三段路走。第一段从乾州到所里，也就是到今天的湘西苗族土家族自治州首府吉首市，那是一条古老的官道，十几里路宽阔平坦，马车汽车都能走。在很早的时候，乾州与所里同属乾城，所里是驻兵的地方，乾州才是州首府所在地。早年人们从所里去乾州，才叫进城，是从小地方去大地方的意思。因此，从所里进乾州的城门前，立着一块石碑，上书“文武官员在此下马”。现在反过来了，想想这世界上的事，颠颠倒倒，分分合合，真有意思。

从所里到花垣，是第二段路，中间横着一片深山老林。出了所里抬头望去，只见群山巍峨，白云缭绕，突然高出来一大扇屏障。沿着崎岖的小路走进去，时而翻山越岭，时而穿峡过涧。当时的山林还是蛮荒状态，潮湿又幽暗，高大的树木冠盖云天，地上的落叶一层叠一层，踩上去松软而富有弹性。走在深山老林里，此起彼伏的林涛声滚滚而来，好像要把你淹没。有时还能听到一阵阵虎啸，声震山林，特别恐怖。再说林中的路，可说神出鬼没，跌宕起伏，两边的草和藤蔓油绿肥厚，盘根错节，像长着腿似的向四处攀爬，把本来就狭小的路面遮得时断时续，时有时无。山路上行人稀少，偶尔遇上的，多为当地的苗族和土家族山民，头包在裹得像一个巨大鸟窝的汗巾里，身上插着寒光闪闪的砍刀。湘西当年匪事连连，在这样的山林里遇见土匪，也是常有的事。走这条路，没有人的时候希望遇上人；遇上了人，又害怕与土匪狭路相逢。那种担惊受怕的感觉，让人一路毛骨悚然。

穿过深山老林到花垣，接着走第三段路，这是条直达保靖的简易公路，曲曲弯弯，坑坑洼洼，三五天通一班长途汽车。汽车是那种前面有个长鼻子的老式客车，破烂不堪，脏兮兮的，车轮掀起的泥巴把后车窗厚厚地糊住了。车况惨不忍睹，丁零当啷的，好像随时要散架。进了车里，猛然扑来一股浊重的汽油味和酸腐味。坐车的人蜂拥而来，都是些贩卖山货的人，逃难的人，车票很不好买；好不容易挤上去，车在路上蹦蹦跳跳地颠，人在车里上上下下地摇晃，坐得人提心吊胆。我第一次坐这样的车，闻不惯那股刺鼻的汽油味和酸腐味，车子一开我就感觉天昏地转，难过得翻江倒海，哇哇地吐，坐一次车就像死一次。

此后的一年多，我记得只和史先生在这条路上共同走过一个来回。那天他回所里看老婆孩子，我回乾州看养母，同路走到所里，史先生就

再不走了，我接着一个人走回乾州。回学校时，史先生在所里等我，带我一道翻山越岭。

从所里到花垣那片深山老林，没有史先生，我是绝对不敢走的，也没有能力走，因为在路上必须由他背着我走几段。那种情景，很像我们在后来看到的日本电影《远山的呼唤》，剧中的男主人公背着奄奄一息、在城里的棉织厂耗尽血汗后的女主角，翻山越岭回村庄。

当史先生把我从背上卸下来时，他总要狠狠地拔几下身子，仰天声嘶力竭地大喊几声，像困兽仰头长啸。

保靖省立八中

保靖省立八中坐落在酉水河畔郁郁葱葱的雅丽山上，环境优美，宛若被万顷碧波簇拥着的翡翠般的岛屿。校园里长着几十株古柏，气宇轩昂，像宝剑那样直插云霄，据说树龄有上千年了。教学楼和学生宿舍的窗外，一丛丛桂花树，四季常青，肥厚的叶子绿得能滴下水来。南方多雨，春夏季节尤其旺盛，伴着朗朗的读书声，亮晶晶的雨淅淅沥沥地敲打在墨绿色的叶片上，发出一阵阵沙沙的如同春蚕啃桑般的声音，分不清是雨水在敲打树木，还是在滋润学子们的心灵。到了八月，桂花盛开，把整座校园浸泡在一股馥郁的浓香里；当你从树下走过，总有几片花瓣飘落在你的头顶上或肩膀上。你有幸沉浸其中，真想长醉不醒。

校园对面的山峦上，有一块被雨水冲刷得色泽发黑的巨大石壁，镌刻着“天开文运”四个大字，笔力沉雄，像一双睁开的眼，注视着每个眺望它的人，并告诉你，这里曾经是先贤们读书的地方，你必须像他们那样皓首穷经，博览群书，才有可能受到苍天的眷顾。

最早出现在这里的，是雍正九年（1730 年）开辟的“崇文书院”，以后更名为“雅丽书院”和“雅丽学堂”。但它真正兴旺，真正产生影响的时期，却是二十世纪的三四十年代。那时大敌当前，日军疯狂地进攻东南沿海，致使华东数省相继沦陷，大批师生随同决堤般逃难的人群涌向湖南大后方。在国民党教育厅的统筹下，幽静的“雅丽学堂”先安置了国立八中的初三年级；1941 年，省立八中又从长沙整体搬了过来。在这批饱经战乱的学生中，人才济济，有许多人后来成了国家的栋梁，其中就有未来的国家总理朱镕基和他的夫人劳安。

我来到保靖八中读书时，抗战胜利一年了，在此办学六年的省立八中陆续迁回长沙。也就是说，隔着前后脚的距离，我与未来的大国总理擦肩而过。几十年后我才知道，我和他竟是校友。

尽管没有带来自己的姓、自己真实的身份，但一走进这座学校，我还是深深地迷上了它，爱上了它，甘愿做它的一草一木。

你能够想到，一个曾经在湘西揭竿起义，扯旗造反，被称为“大土匪”的共产党将帅的女儿，在经历数年漂泊之后，忽然出现在国民党统治下的这座美丽的校园里，这是不是一个奇迹呢？因而，当我穿上那身白上衣、黑裙子的校服时，总怀疑自己是在做梦。

实话说，尽管有史先生当我的家长，每天以他女儿的身份在校园里走进走出，我依然战战兢兢，有种偷梁换柱的感觉，生怕被人揭穿。那些日子，我必须严格管住自己的嘴巴，不论谁问我，都只能说我姓史，叫史捷生，父亲是本校教数学的史老师。刚读初一时，老师在课堂点名，大声叫:“史捷生！史捷生！”,我半天反应不过来,觉得是在叫另一个人，惹得同学们哄堂大笑。从此我小心谨慎，努力做到在老师和同学们面前少说话，最好不说话，就让他们把我当成一个木讷的人，胆怯的人。不过，这样反倒让我有了更多看书的机会，做功课的机会。

我跟着史先生住在校门旁边的一间逼仄的小屋子里，和他走在一起的时候，碰见老师和员工，我都深深地鞠一躬，然后闪在他身后。坐在教室里，两眼只看黑板，从不和周围的同学交头接耳。

不到一年，至少有两个人对我的身份产生过怀疑。一个是学校的训导室主任，他是国民党党员，人长得相当精明，两只眼睛总在警惕地注视着每一个人。有一次，他看见我和史先生走在一起，不像父女那般亲热，直接迎了上来，看看史先生，又看看我，嘴里振振有词地说，奇怪，真是奇怪，说你们是父女，怎么长得一点儿都不像呢？

这之后，每当我单独与训导主任相遇，他总要问这问那。这次说，你怎么不叫史先生爸爸啊？下次问，听说史先生老和他婆娘吵架，他们吵什么？弄得我一见他的身影，便绕道而走。

还有一个中年女人，胖胖的，好像是校方的管理人员，是个基督徒。她也怀疑我隐瞒了真实身份，说要带我去教堂面对耶稣忏悔，对他说实话。然而，这个最让我害怕的时刻，始终没有到来。我不知道是她忘记了，还是其他什么原因让她放过了我。

后来，是我自己不小心露出了马脚。记得是给老师交作业，而且是交我功课最好的作文，我自己在作文本的姓名栏里信笔写上了“瞿捷生”三个字。同样不知道什么原因，虽然有许多人知道这件事，学校也没有追究，可能只当一次笔误。

省立八中迁回长沙后，剩下的都是当地的生源，学校又招收了一批民族学生，这使校园变得更加单纯，也更加安静了。可我依旧独往独来，两耳不闻窗外事。别说是男生，就连女同学也很少交往。因为保靖是湘西比较封闭的地方，上中学的女生很少；不多的几个女同学，要么是当地官员的孩子，要么是地主家的千金，家里有钱有势。她们都不怎么在乎学业，常常眉飞色舞地聚在一起，涂脂抹粉，比阔斗富，炫耀社会地位和家里的财产，我与她们根本就不是一路人。

我唯一让人高看的，是优秀的学习成绩，尤其是国文成绩，作文经常得“甲”。几十年后我重返母校，虽然不再姓史，也不姓瞿了，但年纪稍大的老师都还记得我，说我当年沉默寡言，像个闷葫芦，遇事总是往后缩，但作文写得好，那些句子写得活蹦乱跳，经常被当作范文宣读。因为湖南出了个女作家丁玲，有的老师就说，当年一看我的作文，就知道我日后在这条路上也会有出息。当然，他们议论最多的，还是我的隐姓埋名，说当年打死他们，也绝对想不到我是贺龙的女儿，是藏在他们眼皮下的“小红脑壳”。说完都笑，开心地笑，为我们共同度过了那段难忘的岁月。学校还给我发来聘书，聘请我担任名誉校长。

在保靖省立八中读书的日子里，我敝帚自珍，比同龄人更早地懂得了人生的艰难。史先生带着我住在那间小屋里，扫地、做饭、买菜、洗衣服，凡是我能做的，我都主动承担，不让他动手。他生病了，我像亲生女儿那样照顾他，安慰他，为他煎药捶背，递茶倒水。夜晚预习完功课，还帮他改作业，整理教案。

那时物价飞涨，史先生那点微薄的薪水捉襟见肘。为补贴家用，他除了完成教学任务外，还点灯熬油，坚持为乾州一家报纸的《万榕江》副刊写文章，想多挣点稿费。夜深人静的时候，看见墙壁上映出他伏案写作的巨大身影，听着他发出的空空咳嗽声，我真有点同情他，可怜他，虽然我的学费和生活不需要他负担，而且他和养母还有其他的经济往来，养母时不时会多给他一点。

可是，我和他，始终有一种距离感。

学潮

刚升入初二，我遇上了那件让我疑窦丛生的事。

那是夏日的一天早晨，天气闷热，像是憋着一场大雨。我和史先生正往校园里走，只见校园里乱哄哄的，聚集着一堆一堆的人。上课铃响了，是一次又一次地响，却没有一个人进教室。最抢眼的是高中部的同学，他们群情激昂，纷纷往校长室拥。初中部的男生也跃跃欲试，兴奋地跟在学长们身后。女同学们胆子小，三五成群地站在桂花树下，注视着事态的发展。

我不知道出了什么事，看见桂花树下站着几个熟悉的身影，便走过去打听。还没有问出头绪，拥向校长室的同学拥了出来，一个个大义凛然地往校园外走，头上已打出“反饥饿、反独裁”的横幅。走在队伍最前面的那几个同学，挺胸抬头，手挽着手，衬衣上的扣子不知道什么时候被挤掉了，露出健壮的胸膛，一副壮士出征的模样。我忽然明白了，他们这是去大街上游行，是最近报纸上说的闹学潮。

望着远去的队伍，我有几分好奇，也有几分莫名的激动，心在嘭咚嘭咚地跳。在桂花树下站了一会儿，身边的女生也动了起来，跑去追赶游行队伍。这时，我好像听见有人喊了我一声，我没有任何犹豫，两条腿便也迈了出去，加入了追赶游行队伍的行列。

游行队伍停在县党部大门前，我们赶到时，那里早已人头攒动，黑压压的一片，不断响起热血沸腾的呼喊声。举起来的拳头，像一片呼啸的森林。县党部大门紧闭，没有人出面与学生交涉。大家怒不可遏，嗓门更大了。靠近大门的同学，开始咚咚地敲门。因烈日当头，天气酷热，拥挤在一起的同学们，个个满脸油光，汗流浃背。

我和几个女生站在路边的树荫下，远远地望着他们。

太阳升得很高了，突然，我的右臂被人紧紧地攥住了，正用力往外拽。我以为是哪个同学拉我回学校，回头一看，眼前站着一个高大的军人。我吓得发出一声惊叫，想拔腿跑开，但整个人像只小鸡那般被他拎了起来。我紧张极了，不知道这个军人为什么偏偏跟我过不去，拼命地挣扎。但一个初中小女生哪里是一个军人的对手呢？他攥着我的手，就像铁钳那样越来越紧，我的两只脚几乎已悬空了。

你是谁？为什么抓我？我颤声问军人。军人迅速用另一只手捂住我的嘴巴，低声说，别喊，我是你善达哥哥，要带你离开这里。

我纳闷了，在保靖，我人海茫茫，举目无亲，连自己的真实姓名都没有带过来，哪来的什么善达哥哥？想到这儿，我坚决说，不，我不走！我没你这个哥哥。他却死不松手，继续拽着我向外走。

一起站在树下的女生，轰的一下散开了。她们跑出去很远，才惊魂未定地回过头来，朝我这边看。事情来得突然，她们和我一样，都惊慌失措，不知道发生了什么事。

与游行人群拉开距离后，自称是我“善达哥哥”的军人松开手，停下脚步，对着我的耳根说，捷生妹妹，我不是告诉你了吗？我不是来抓你的，这个我可以向你发誓。再说了，抓人是警察的事，不归我们军队管，你不用怕。但是，你必须离开这里，跟我走。从脸上的表情看，这个自称叫“善达哥哥”的人，是诚恳的，没有什么恶意。可我怎么能相信他？相信一个出现在游行现场的军人？于是我问他，你怎么知道我的名字？我不认识你，为什么要跟你走？

他又拽着我走了几步，然后松开手，用宽大的身子挡住我。好了好了，他说，现在我告诉你，这里是在闹学潮，反对政府，肯定要被镇压的。到时黑狗子警察一起围上来，警棍挥舞，踩都要把你踩死。

因为穿黑制服，那时都叫警察黑狗子，连军人也这么叫他们。

听说要镇压学生，我心里一惊，但依然要强地对这个自称是我哥哥的军人说，他们闹他们的，我看看热闹不行吗？你到底是什么人？

听见我这句话，军人笑了，说，你这个小孩子，到现在还不相信我，怕我吃了你是不是？又说，你知不知道你爸爸瞿玉屏有个老朋友，叫罗文杰？我是罗文杰的大儿子，叫罗善达。

罗文杰？我下意识地重复这个名字。心里想，在保靖，在省立八中，所有认识我的人，都知道我姓史，充其量知道我姓瞿。但是，眼前这个自称是我哥哥的叫罗善达的军人，却知道我两年前死去的养父叫瞿玉屏，这让我震惊。至于他说他的父亲是罗文杰——这个名字，我隐约记得养父去世前，曾提到这个名字。那天，我还见到了罗文杰本人。如此一想，我觉得事情复杂了，这关系到我一直隐藏的身世。

罗善达看我愣在那里，又上来拽我，说，走吧走吧，你见到我父亲就明白了。此时我们的位置离县党部已经有一段距离，我想我得警惕这个人，他可能在吓唬我，蒙骗我，引我上他布置的圈套，于是我说，我不走，我又没有闹事，大家都在看热闹，我也想看看，不行吗？

罗善达的脸色骤变，没有刚才那么耐心了。有什么好看的？他生气地指着我的鼻子说，你真要等到警察围上来，自讨苦吃吗？他们可不会像我这么有耐心，谁会管你是看热闹的！

不！就不走！面对罗善达那身我连军阶也看不懂的军服，我六神无主，不敢相信他。我想，我就这样跟他走了，到时史先生和学校找不到我，该多么着急啊。再说，他让我跟他走，要走到哪里去？

罗善达不想和我犟下去，忽然拿出军人的霸道，强迫我服从他。你听着，我再叫你一声捷生妹妹。他几乎是在咆哮，你今天跟我走得走，不跟我走也得走。因为我是在执行命令……你懂吗？

和罗善达顶过几句后，我的胆子大了一些，对这个口口声声叫我妹妹的人，开始将信将疑，起码觉得他不像是来抓我的。我说，那你先告诉我，你在执行什么命令？谁的命令？

罗善达发现我的态度有所缓和，说，我操，你小小的年纪，戒备心这么重，问那么多做什么？

我咬住嘴唇站在那儿，心里说，我就要问，弄不清你执行谁的命令，执行什么命令，就不跟你走。

好吧。罗善达大概觉得和我这么较劲，太累，索性打开窗户说亮话。其实也不是什么命令，他说，是为你好。我刚才不是说了吗？我是罗文杰的大儿子，是他叫我来带你走的。他说其他事都好说，就是这件事没得商量，你不离开，拖也要把你拖走，捆也要把你捆走。

罗善达说得斩钉截铁，这使我相信他真是罗文杰派来的。想到在洪江时，罗文杰亲自来养父家看他，与养父瞿玉屏的关系非同一般；特别是养父去世前两个人曾有一番密谈，托付他关照养母和我。我问自己：难道罗善达要带我走，就是罗文杰的关照？

趁着我陷入沉思，罗善达一把拉住我的胳膊，把我推进早在路边停着的一顶轿子里。我还想说什么，轿子已被人抬起来飞跑。

罗文杰这个人

不知走了多久，轿子停在一座有人站岗的洋房前，罗善达拉着我旁若无人地往里走。进了会客厅，只见一个穿着黑色对襟衫的矮胖子坐在屏风下喝茶，衣架上挂着黄呢子军大衣和装进枪套里的手枪。

我心里一惊，发现他真是在养父临终前与养父密谈的那个人。从长相上看，罗善达和他长得一模一样，他是罗文杰的大儿子确定无疑。

罗善达瓮声瓮气地对坐在屏下的罗文杰说，父亲，人给你叫来了，小孩子一直在边上看热闹。她不相信我，也不相信你。

还好嘛，罗文杰欣慰一笑，说，终究没有用绳子。

我木然站在客厅中央，低着头，不敢往罗文杰坐着的那个地方看。心在一阵阵发冷，好像置身冰天雪地。这时候，我已经意识到罗文杰是一个非常神秘的人，神通广大，好像长着无数双眼睛，他不仅知道外面发生了什么事情，我这样一个看热闹的学生，也尽在他视野中。

看见我神情紧张，罗文杰和蔼地笑起来，说，小丫头，你不叫瞿捷生了，现在叫史捷生，对吧？又说，是善达哥哥吓着你了？坐下，快坐下，到了我这里就像到了家一样。说着，他走到我身边，让我在旁边的一张沙发里落座，又从果盘里抓起一把糖，塞在我手里。我更紧张了，几粒糖从我的手里掉在地上，也不敢捡，更不敢剥开吃一粒。

罗文杰坐回沙发里，像对我，又像对他自己说，哦哦，两三年不见，长成大姑娘了，还那么害羞。又说，你这个小姑娘，好大的面子哟，害得善达哥哥去跑一趟。他大小也是个团副啊，带好几百号人呢！

说到这儿，他像想起了什么，哈哈大笑起来。然后说，对了，你善达哥哥对你说了没有？我交代他，如果你不肯来，拖也要把你拖来，捆也要把你捆来。就是嘛，你不能去那种地方。

罗文杰就这么自顾自地说，即使是问我话，也不等我回答。但他话锋一转，忽然怔怔地盯着我说，姑娘啊，你也是个中学生了，知道我为什么要让你离开那个地方，到我这里来吗？

“是因为你该叫我罗叔叔，我不能让你有个闪失！”话说到此，他好像不准备隐瞒什么了，听上去有些语重心长。

他说，捷生姑娘，有些事你小孩子不知道，现在我可以告诉你了。在很早以前，我和你瞿伯伯瞿玉屏，一道从永顺出来，在战争中共过生死。他离开队伍后，我们各走各的路，但朋友的情谊还在。他去世前捎信让我去见他，说他最放心不下、最牵肠挂肚的，就是你。他还说受人之托，命比天大。我说这个你不用操心，只要在湘西，我就不会让孩子流落街头，不会让她遭遇不测，因为我知道她的命有多重。所以，在你瞿伯伯去世后，我立刻把你和你姆妈从洪江转移到了乾州。

我睁大眼睛望着罗文杰，感到他在我的头顶捅了一个窟窿，打开了一扇天窗。过去，我总感到有一双眼睛在暗中盯着我，左右我，现在我终于知道，这个盯着我和左右着我的人，就是他！

罗文杰像看见了我的五脏六腑，继续说，捷生姑娘，你肯定想知道我是个什么人，对吧？我可以告诉你：我也曾经是你爸爸的老部下——哦，你听真了，不是你瞿伯伯，而是你亲爸爸贺龙的老部下！就因为有这段经历，现在不管我们在哪一边，我都把你当孩子。何况，在你瞿伯伯临死前，他还亲自把你托付给了我，这我就不能不管了。

到这时，我简直成了一个傻瓜，一个没有知觉的木头人。我目瞪口呆，脑子里一片空白，手和脚在不听使唤地颤抖。凭着我一个十二岁女孩的智力和阅历，我是无论如何也把握不住眼前的事态的。

罗文杰说完，叹息一声，仰倒在沙发里，眼望着天花板，像翻过了一座高山，累得什么也不想说了。

客厅里寂静无声，只听见墙角一个巨大的座钟在嘀嘀嗒嗒地走。

不知过了多久，我鼓足勇气，小心翼翼地问，过了这么多年，你怎么知道我到了保靖，在省立八中读书？

罗文杰重新坐直了，开心地笑着。你真是个孩子，湘西才多大，怎么会有我不知道的事情？他说，我不仅知道你到了保靖，怎么到的保靖，还知道你什么时候跟着史先生姓史，知道你学习很用功……

这个人太厉害，太可怕了，没有什么事能瞒过他！发生在我身上的事情，他竟比我自己都知道得多，知道得详细。

那天的午饭，我也是在他家里吃的。是一顿纯粹的家常便饭，餐桌上围满了他的家人，有他太太，他大儿子罗善达，还有其他儿孙。桌子上的菜眼花缭乱，我多半没见过，更没有吃过。我没有自己伸过一次筷子。他和太太不断地往我的碗里夹菜，要我多吃点，说吃饱了好赶路。但我没有一点食欲，也不敢吃，更不知道要赶什么路。

刚吃完，他太太拿出一套衣服，让我换下身上的白衬衣、黑裙子。我说，为什么要换衣服？我还要回学校上课呢。

罗文杰说，还是换了吧，课就不要去上了。

我简直不相信自己的耳朵，着急地问，为什么？不上课怎么行？

他说，没有那么多为什么，你听罗叔叔的就是了。下午我请人送你回乾州，回你姆妈那儿。这学还上不上，以后再说。

那么史先生呢？总得告诉史先生一声吧？

他说，这个你不用担心，我自有安排。

这一天发生的事，每一件都出乎我的意料，就像一出戏，人家早把剧本写好了，我只能任其摆布，按照规定的角色进入剧情。

接下来，他们七手八脚，剪去了我一头长发，把我打扮成一个男孩模样；接着，大门口抬过来上午抬过我的那顶轿子，要我像婴儿那般团起来，蜷在轿子里；又让他家一个和我差不多大的儿子坐在轿子里的板凳上，从窗口露出头来。罗文杰还把头伸进轿子里，对蜷在轿子里的我说，捷生，委屈你了，这是为了不让人看见你，还是为你好。

临离开，我听见罗文杰低声交代轿夫，只管向前走，如有人问轿子里抬的什么人，你就说是我家少爷，送他去乾州治病。

几个轿夫言听计从，抬起轿子直奔乾州。

第二天，关于我的遭遇，当地的报纸上发了一条消息，标题是《国民党军官抢女学生》。不知是罗文杰授意写的，还是记者不知真相。

大浪淘沙

1947年在罗文杰的家里与他一别后，我再也没有见过他。后来，在湘西来人的闲聊中，我得知他1950年在四川率部起义，受到湖南省政府的妥善安置，在省府任参事。但几个月后，全国兴起镇压反革命运动，他服毒自杀，在湘西历史上留下了一桩悬案。

有人说，罗文杰在自杀前曾提到他认识我父亲贺龙，曾是我父亲的老部下，如果找到我父亲，肯定会为他说话，救他一命。他当时向有关方面交代，他的历史复杂，确实长期为反动派卖命，但一直脚踩两条船，既带领国民党部队围剿过红军，镇压过湘西革命力量，也曾对红军消极作战，网开一面。而且，对红军家属决没有赶尽杀绝，比如对贺龙流落在湘西的女儿贺捷生，他便尽了保护之力。

许多年后，我在湖南的文史资料上，读到了以下一段文字：

> 罗文杰，原名余华，湖南永顺县两岔乡冗迪村人。少时随父居长沙，读私塾，稍长从军。民国十二年（1923）任泸溪县警备队队长，不久投奔辰沅清乡指挥田义卿，任第一团团副。民国十四年（1925）湖南督军赵恒惕所属三师叶开鑫部内部异变，设伏击毙田义卿，罗随团长田少卿投奔贵州建国军川军贺龙部。民国十六年（1927）又投奔国民革命军独立十九师师长陈渠珍。民国十八年（1929），陈委派罗为桑植县清乡委员并代县长。次年，任永顺县保安团团长。民国二十八年（1939），国民党军统组织发展到湘西，罗在沅陵参加军统组织，相继任常德、沅陵情报组长，军统湘西站站长，湘鄂川黔反共游击总司令，军统边区特派员等。军衔少将……

> 罗与湘西地方势力有广泛联系，也和轿夫、马弁等三教九流称兄道弟，被视为“红黑两斩，哪儿都行得通”。他与红军打过仗，搜捕过中共地下工作者和进步人士，也掩护过一些共产党人及其家属。
>
> 1949年10月中旬，湘西相继解放，罗避之龙山里耶，与国民党暂一军军长陈子贤，四川八区专员庹贡廷，龙山地方武装头子师兴周、瞿波平等集会八面山，组建“湘鄂川黔军政委员会”，任副主任。
>
> 1950年，湖南公安厅派先期投诚的军统特务方印天到四川酉阳密访罗文杰，申明党的政策，罗遂率部起义。同年10月，省公安厅在长沙召见罗，设宴招待，委任罗为省政府参事。当年12月，“镇反”运动开始，罗在沅陵服鸦片自杀。

看完这段文字，我的心里有一种说不清的滋味。我想，不管罗文杰的政治面目如何模糊，如何复杂，不管他是在怎样的情况下死的，他在我流落湘西的那些年，确实关照过我，保护过我，给了我一缕微弱的生命之光。我是否应该为他叹息，为他悲伤？

再后来，我主动与他的大儿子罗善达取得了联系，就是当年把我从省立八中学潮现场拽走的那个团副，那个自称是我的大哥哥的人。这时，我不仅回到了父亲贺龙身边，还完成了1947年在保靖中断的学业，并从北京大学历史系毕业。

又过去许多年，出于对罗文杰先生曾经为革命做过一些事情的尊重，我以全国政协委员的名义，郑重给湖南永顺县有关方面去函，希望给罗文杰的后人以应有的政治待遇。第二年，罗文杰的大儿子、曾跟随他弃暗投明的罗善达，被他们的故乡推选为县政协委员。

还有，1947年在逃离保靖省立八中，逃离雅丽山的时候，我无法向史先生道一声别。我知道罗文杰肯定会为我做这件事，也许他和史先生之间本来就存在一种我不知道的关系。但对这个在我漂流湘西的年代，给过我多方照顾的人，我至今仍心存感激。

史先生这个人以后还出现过。那是解放后，我母亲蹇先任已经回湘西找到我，把我送到重庆西南局我父亲贺龙身边。她自己被挽留出任慈利县县长和县委书记后，被组织上安排在武汉市人民政府担任秘书厅主任。为报答史先生当年对我的照应，母亲难得一次动用手中的权力，把他调到武汉一所大学工作。但是，不知为什么，几年后他锒铛入狱，成了一个囚徒。听到这个消息，我感到太不可思议了。

至于那年我不辞而别，留在史先生那间小屋子里的东西，比如破旧的衣物，无数次翻阅过的书本，还有一个小姑娘散发出来的青春气息，则随着后两年更大战乱的到来，被时代的烟云淹没得无影无踪。

后来，我才想明白：一个新的时代即将来临了，过去的五行八作，各色人等，都有自己的归宿，如同大浪淘沙……

“铁匠打孩子……”

回到乾州后，我和养母杨世琰继续生活在周家大院那个空荡而荒凉院子的屋檐下，过着愈加局促又窘迫的日子。像那个时代的许多贫寒家庭的孩子一样，我例行地做着一切家务……只不过，我又大了两岁，比过去长高了一些，在做家务时，再也不用踮起脚。

更不同的是，我已经满了十二岁，不仅长高了，长大了，长成一个拖着两条大辫子的大姑娘，而且在内迁到保靖的省立八中这样的大学堂读过书，见过世面，又目睹过反饥饿、反独裁的学生运动，在政治上知道国共两党是两个势不两立的阵营，他们之间的大搏斗、大决战就将到来。同时，我也知道，我父亲贺龙是共产党那边的一个大官，一个将帅，正指挥千军万马向国民党军席卷而来，横扫而来。即使我流落在黑暗的国统区，除非那些小蟊贼和小强盗不知深浅，像罗文杰、翟玉屏这样知道我的父亲是谁的人，都会对我另眼相看，在暗中保护我，起码不会加害我。事实明摆着，我父亲在湘西名声响亮，他过去的部下遍布各阶层的各个角落；虽然有许多人，尤其是土豪劣绅恨他，咒他，但更怕他。如果知道我是贺龙的女儿，人们虽避之不及，但也多一事不如少一事。谁会为了一个孩子，瞻前而不顾后，无端赌上自己的身家性命呢？

我从保靖省立八中突然退学，又是被神秘地用轿子送回来的，在周家大院引起不小震动、猜测和议论。他们不知道我一个小姑娘为什么有那么大的能耐，为什么有人这样护着我。对此，作为当事人和知情者，我和养母自然守口如瓶，不对外人泄露任何口风。原因还是我的特殊身份，我作为贺龙女儿的实情不能泄露出去，以免招来大麻烦。

养母对我回到周家大院，显得若无其事，无动于衷。我说过，她既是我父亲的部下、我的养父瞿玉屏的夫人，也是国民党大军阀杨森的侄女，当她知道我是瞿玉屏从延安带回来的贺龙的女儿，同我怎么也亲不起来，甚至有种说不清道不明的憎恨。因为国民党和共产党毕竟水火不容。我走进她家里的时候，年纪还小，国共两党正处于团结抗日的蜜月期；现在两边分裂了，又打起来了，养母与我也好像存在新仇旧恨。在外人眼里，我们还能像母女那样生活在一起，这既是养父瞿玉屏在临死前对她的嘱托，也是一个家庭久而久之形成的惯性，还有社会的原因，诸如罗文杰和史先生给她的一种角色定位。

养母比两年前更老，更瘦，也更反复无常了。因为从未停止抽大烟，搓麻将，足不出户，日夜颠倒，她已形销骨立，整天冒着烟的口腔里发出一股难闻的味道，极端孱弱的身子一阵风就能吹倒。我们再次生活在一起，她的话变得格外多，格外细碎，对我没完没了地数落，没完没了地挑剔，有时还破口大骂，像过去那样动手打我，抓住我的头发往墙上或屋柱上撞。我忍耐了上十年，终于忍无可忍，要爆发了。

我必须说，自从养父把我抱进这个家，背着经常不在家的养父，养母就从未断过对我的打骂，通常是狠狠地掐我，身上常掐得青一块，紫一块；再就是抓住我的头发往墙上撞。小时候我怕她，受了她的打骂和欺负不敢说，是因为养父回家很少，养母威胁说，我如果向养父告她的状，养父走了后，她将打得更狠，饭也不给我吃，要活活把我打死和饿死。后来，我长大了，养父却不在了，我挨了她的打骂，受了委屈，无处诉说。特别是到了上学的年龄，如果她不让我读书，或者早早地把我送出去做童养媳，我就更惨了。所以，她打我，骂我，我都忍着。人在屋檐下，不得不低头。

从保靖回来，养母毫不犹豫地把帮佣辞了，让我接手全部家务。这我理解，也基本能接受。我安慰自己，养父已去世多年，他留下那点积蓄，在养母和我都没有劳动能力的情况下，确实应该省着点花。何况，她还供我读了几年书，人要讲良心。但当我长到十二岁，被迫辍学在家，心里已经很苦闷，她还像过去那样骂我，打我，这我就不答应了，必须奋起反抗。有一点我必须承认，那就是我在保靖上过学，读过书，人也长大了，我感到自己渐渐地有力量，有底气，不怕和她斗了。而且，我已经知道自己是从哪里来的，父亲是谁，母亲是谁，不能忍受她的欺负。毕竟还是个小孩子，有时我还暗暗发誓，如果她再打我，抓住我的头发往墙上撞，我就杀了她，自己去找爸爸妈妈。

我此生最恨抽大烟，吸毒；没日没夜地泡在牌桌上，无聊地打发日子，就是从恨养母这两大嗜好开始的。养母很早就染上了烟瘾，终身与大烟相伴，是被她那个显赫的军阀家族遗弃的人，直到解放初作为旧社会的残渣余孽被强行送进戒毒所，都没真正做一个有尊严的人。即使玩牌，也是小打小闹，和她一起混的，都是些颓废潦倒的烂女人。

与周家大院紧密相邻，有个陈家大院，主人叫陈景尧，娶了三房太太，长得精明而富态的二太太负责管家。陈景尧大部分时间在外面忙生意，三个太太在家里闲得慌，天天以搓麻将度日。加上同样有此爱好的养母，刚好凑起一桌。四个人几年下来不管不顾，我行我素，臭味相投，不绝于耳的哗啦哗啦声，让一条巷子里的人深恶痛绝。

我从麻子奶奶和黄昆玉的嘴里，听到了太多人们对四个女人，尤其是对我养母的指指点点。麻子奶奶人很善良，但特别喜欢传闲话，一条巷子的家长里短没有她不知道的。从保靖回到乾州，我没有别的去处，天天跟麻子奶奶和儿时的伙伴黄昆玉混在一起。听多了邻居对养母的非议，我有时故意跟着气她，不像丫鬟那样人前人后地伺候她，特别是不愿半夜爬起来给她做夜宵。有时，干脆待在昆玉家里不回来。

我在心里暗暗给她取了一个绰号，叫她“老巫婆”。

我与养母第一次爆发剧烈冲突，是她在饭桌上对我进行百般挑剔。一会儿说菜没有洗干净，有沙子，硌了她的牙，一会儿说盐放得太多了。我听她没完没了地挑剔和抱怨，昂起头，愤怒地顶撞她，说你嫌我的饭菜做得不好吃，自己动手啊！她惊谔地望着我，说，如果要她自己动手，还养我做什么？我说，我是你养的吗？你整天不是抽大烟，就是打牌，你用什么养我？又说，你以为我不知道，瞿伯伯生前对我说过，他留下了足够的钱养我们两个人，连供我上学的钱都准备好了。不像你说的那样。养母把饭碗一摔，气急败坏地说，你瞿伯伯留下的钱在哪儿呀？我没有看到，一个子儿也没有看到，不信你把他叫来跟我当面说清楚。

瞿伯伯死了，这是两年前在光天化日下发生的事，养母要我让他出来对质，明明是胡搅蛮缠，睁着眼睛说瞎话。我马上说，你个老巫婆，不要脸，欺负我一个小孩子，是不是你把瞿伯伯的钱都输光了？

见我如此顶撞她，还骂她老巫婆，揭她抽大烟和打牌的短，养母怒不可遏，疯狂地扑上来，一把扯着我的头发往墙边拖。说，你个小野人，小贱货，看我怎么教训你！我知道她又要故技重演，把我的头往墙上撞，伸手用力推了她一把。她没料想我敢还手，一个趔趄往墙边倒去，头嘭咚一声磕在墙上。幸亏有那堵墙挡着，身子才没有倒下去。可能是头被磕疼了，也可能是感到伤了自尊，吃亏了，她突然撒起赖来，坐在地上捶胸顿足，号啕大哭，边哭边骂我白眼狼、小妖精，还指桑骂槐，说我迟早要去做土匪，杀人放火。总之，什么难听骂什么。

我才不管她呢，把门嘭地关上，到麻子奶奶和昆玉家去躲清静了。一到麻子奶奶和昆玉家，才发现他们都在侧耳偷听；周万印的爸爸妈妈周洪渊和翠姐也贴在门边，竖起了耳朵。不过，他们都站在我一边，觉得与养母相比，我是个孩子是个弱者，应该得到保护。养母整天抽大烟，打牌，把家务全部推给我，还经常打我骂我，没有道理。

那次反抗后，我胆子大了，力气也感到比过去大了，表现出一股不管不顾、不向任何人低头的倔强。正是从那个时候开始，我感到我活出了胆量和尊严。说实话，当时我都想好了，万一她不给我饭吃，把我赶出来，我可以去别人家当保姆，或者像两年前背小万印那样帮助人家背孩子上学，挣口饭吃。哪怕逃荒要饭，我也能养活自己。再说，我在心里想，她是决不敢把我赶走的，为什么呢？因为在湘西，她是少数几个知道我是贺龙女儿的人之一。瞿伯伯早就对我说过，她如果虐待我，把我弄没了，将来我父亲会找她算账，她得脱一层皮！

“铁匠打孩子——打成一块铁。”这是乾州一带民间流行的一个歇后语，意思是环境锻炼人，磨练人的意志。也是麻子奶奶称赞我的一句话，说我在养母的压迫下渐渐长大，终于敢于反抗，有了自己的韧性和骨气。因为湖南很多地方信奉棍棒教育，在他们看来，在孩子成长过程中，必须像铁匠那样严厉管教，才能让他们百折不挠，勇往直前。但是，用这句话来形容我的养母杨世琰与我成长的关系，我觉得不怎么贴切。因为从小到大她都没有善待我，打骂是家常便饭。她一次次扯住我的头发往墙上撞，这决不是教子严厉，望子成龙，而是从心里讨厌我、鄙视我和虐待我。有时候连打死我的心都有。养父瞿玉屏去世后，她仍然收留我，也不是对我发善心，而是与养父依然存在一种利益关系。她自始至终把我当外人，压根就没有当女儿。

之后的一年多，我们虽然还待在同一个屋檐下，同一个家里，但关系越来越冷淡，说话越来越少，如同井水不犯河水。直到 1949 年二三月的某一天，她向解放军投诚的弟弟杨光耀来到周家大院我们住着的那个幽暗的厢房里，对她说，姐姐，共产党就要得天下了，我要把捷生带走，还给贺龙。她听后，不屑地挥挥手说，走吧走吧，让她走得远远的。往后，她做公主也好，住金銮殿也罢，跟我没关系。

父亲的胸膛，母亲的怀抱

1948 年 9 月 12 日拉开序幕的辽沈战役，历时 52 天，于同年 11 月 2 日胜利宣告结束。这场人民解放军以摧枯拉朽之势发起的战役，吹响了解放全中国的号角。其规模和声势，可谓波澜壮阔，气吞山河。

我母亲是辽沈战役的直接参与者。在人民解放军由全面防守转入全面进攻时，她从华北到达东北中心城市沈阳，担任党的东北局沈阳大东区区委书记，在这个位置上经历了辽沈战役的全过程。

不可否认，女人比男人拥有更深沉也更细腻的儿女情长。辽沈战役胜利后，在战役中急剧发展壮大的人民解放军第四野战军整装待发，即将踏上南下征途，但组织上继续让我母亲担任原职务，发动群众建立政权、恢复生产、支援前线，开展减租减息工作。在这个时候，母亲不由自主地想到在湖南的慈利有她的家，有她白发苍苍的父亲和母亲，还有我这个在十二年前被迫送回湘西，但几年前就断了音讯，如今不知道是死是活的女儿。

你想啊，四年多的苏区斗争和二万五千里长征、八年多先后在苏联和国内经历的卫国战争与抗日战争，接着是三年解放战争，母亲离开湖南家乡已经十多年了！十几年后，望着东北解放区的人民欢欣鼓舞，一个个游子千里返乡，一户户人家破镜重圆，心里感到多么羡慕！她一次次想，一次次抚躬自问，一次次对自己说：是啊，在伟大的共产革命历程中，在改变所有人命运的历史巨变中，你走得太远了，经历的事情太多了。但无论你走到哪里，经历了什么，说到底，你还是一个女人，一个人到中年的女人。在故乡湖南慈利县的那片山峦起伏的大地上，你和所有到了这个年纪的人一样，也是上有老，下有小。尤其是上有老——那时，我母亲已经得到消息，在三个月前的1948年7月5日，她一直牵挂的父亲，我的外公蹇承宴已经与世长辞，老人家用沙子掩盖着遗体的棺材仍然停放在家中的厅堂里。据说外公在弥留之际听到了人民解放军向南方进军的消息，特地留下话说，那支队伍里有他包括女儿、女婿、外孙和外孙女在内的六七个亲人；他的心向着他们，等着他们。因此，他不去国民党的阴曹地府，必须等到革命胜利那一天，让他长征离家后再没有回来的两个女儿和女婿，回去给他下葬。他忍耐和等待得太久了，受的欺负太多了，就是要出这口气！

女人在痛心疾首的时候，也会咆哮而起，变成一只勇猛的豹子。虽然在沈阳大东区担任领导职务，但我历经沧桑的母亲也有不冷静的时候：辽沈战役胜利后那些天，她突然闯进了东北人民政府副主席李富春的办公室，没头没脑地说："富春同志，我要回湘西，我想马上走！"

李富春知道我母亲是个能文能武，有胆识，有涵养，心里有话决不藏着掖着的人。最令他佩服的是，我母亲离开我父亲后，不吵闹，不抱怨，不消沉，甚至直接到前线带兵打仗，这在党和军队领导人的前夫人中，是绝无仅有的。但在革命取得阶段性胜利的时候，她情绪多少有点失控，肯定有什么原因。他让我母亲坐下来，慢慢说。

母亲没有坐下来，也没有慢慢说。她像打机关枪那样，一口气倒出了十几年来积攒在心里的思念和歉疚。她说，李主席啊，我是一个女儿，一个母亲。你知道，在过去的十几年里，我先是长征，接着去了苏联，后来上了抗日战场，根本管不上他们。现在我老父亲去世了，他生前留下话，说他不去国民党的阎王殿，要等到当共产党员的女儿女婿给他下葬。正好部队要打回南方去了，老人家曾经的女婿和现有的女婿都重任在身，我不能对他们提这种过分要求。我只想自己回去安葬老人，寻找失散的女儿，偿还我对他们的亏欠，你说我过分吗？

作为一个长辈，一个直接领导，日后担任共和国副总理的李富春同志十分理解我母亲的心情。他耐心地听完我母亲的倾诉，既宽容了这个党的高级干部在自己面前的任性，又非常干脆地批准了她的请求。他感叹说，是啊是啊，先任同志，我们革命者也是人，也有自己的父母和孩子，而且，我们特别理解你的不容易，理解你确实亏欠家人太多了。如果我不同意你回湖南，那就是不讲人之常情了。只希望你早去早回，既为老人尽孝，又找回失散的孩子，把她带回东北来上学。

母亲惊愕地望着这位长辈，心里想，我说过要回沈阳了吗？我只说我要回湘西，回慈利，去安葬我的父亲和寻找我毫无音讯的女儿。但是，这需要多少时间啊，怎么可能早去早回呢？而且，我这一去，就准备留在南方了。我只想回到那片生我养我的土地上，当一个普普通通的小学老师，每天守住孩子们的欢声笑语；再不能让他们像自己的女儿那样，在某一天，突然失散了。但是，她没有把这些话说出来。

列车长啸一声，驶离了沈阳。

我母亲没有想到，为寻找自己失散多年的女儿，我父亲贺龙比她还上心，还更早下手。而此时此刻，我母亲做梦也想不到，我虽然刚满十三岁，但却穿上宽宽大大的黄军装，成了我们这支队伍的一员。

解放战争开始以来，我父亲贺龙服从党中央和中央军委的决定，把他从湘鄂西创建并带到陕北的部队，交给彭德怀统编为西北野战军，自己出任陕甘宁晋绥联防军司令。说得通俗一些，是此后由彭德怀在前线管打仗，我父亲贺龙统管后方，担任整个解放大军的后勤部长。因此，他熟悉每个野战军和所属部队的将领及他们的进军情况。

1949 年春天，四野挥兵南下，我父亲对率领部队向湖南进军的第 47 军政委说出了寻找女儿的心愿，我要找的是我和她妈妈蹇先任同志带着长征的女儿，叫贺捷生，跟着我们吃了许多苦。抗战前夕，我托两个老部下带回湘西抚养，以为这样能让她过得好一些，躲避战争灾难，想不到把孩子弄丢了，如今没有任何消息，不知道是死是活。你们到了湖南，请帮我留点心，看看能不能把孩子找回来。政委说，贺老总，你放心，只要孩子还在人世，我们找遍湖南的每个角落，也要把你的孩子找回来。离开我父亲，政委把这个虽不重大但必须完成的任务，交给军长曹里怀，叮嘱说，曹军长，贺老总是我们这支军队的创始人，湖南是他的家乡，又是他带出二方面军的地方。寻找他失散多年的女儿，不仅是他个人的愿望，也是我们这些经历了战争的人大家的愿望。曹里怀说，我理解你接受的任务，将想尽办法，动员一切力量完成任务，不让贺老总失望。

曹里怀召集情报和联络部门精兵强将，专题讨论如何深入敌占区寻找我。说来也巧，在介绍完我的情况后，联络部门找来带路的一个叫杨光耀的人，先是倒吸一口凉气，接着哑然失笑说，嘿，这件事太简单了，大家不必去敌占区冒风险，我一个人去把小女孩领回来就是了。大家惊奇地看着他，以为这个刚刚投诚的国民党军官大白天说梦话。杨光耀说，你们怀疑我说大话对吗？我再说一句大话，这个女孩我见过，她已经长成一个大姑娘了。不过，我肯定，她现在不在洪江，而是在乾州；如今的名字也不叫贺捷生，而是叫史捷生。曹里怀不相信事情如此简单，说杨先生，你说的当真？怎么听起来像说书一样？杨光耀说，曹军长，说巧也不巧，你知道我姓杨，那么我姐姐也姓杨对吧？我告诉你，我姐姐叫杨世琰，就是抗战前夕到延安找过贺老总的那个老部下瞿玉屏的夫人。也就是说，瞿玉屏是我们要找的小女孩贺捷生的养父，我姐姐杨世琰是她的养母。你们说，我去一趟乾州把她带回来，交还给贺老总，容不容易，简单不简单？

几天后，杨光耀依约把我从乾州带到第47军军部。曹里怀将军见到我，高兴极了，马上给我父亲发电报，说，贺老总，你的女儿找到了，你看我们把她送过去，还是先留在军部？我父亲回电说，太好了！但不着急，先让她在部队待着，能干点什么干什么。

曹里怀将军明白我父亲的意思，把我放在后勤部，让我跟着几个老兵为刚缴获的武器装备和给养登记造册。我到了部队，接受了部队领导分配给我的工作，自然成了部队的一员。同时，还穿上了军装。

我在第47军时，独臂将军晏福生和他的妻子也赶来看我。他是红二方面军我父亲的老部下，妻子叫马忆湘，就是写作著名自传体小说《朝阳花》那个马忆湘，两人一起跟随我父亲长征。在长征路上，曾是童养媳的马阿姨把干粮袋弄丢了，我母亲把自己的干粮袋解下来给了她，让她铭记终生。

听说我寄养在湘西十二年后被找回来了，成了47军一名战士，晏叔叔和马阿姨迫不及待来看我，说我不仅是贺老总和蹇大姐的女儿，还是他们在长征途中患难与共的战友，我们一起走过了雪山草地。

我母亲和我分别十二年后重新相见，也是在47军。说不清为什么，当我在为各种战争物资登记造册的仓库里见到日思夜想的母亲时，不像人们想象的那么激动，甚至有些害羞，有些不知所措，愣在那儿既没有哭，也没有笑。我母亲一步步向我走来，看得出，当着陪同她来见我的晏军长和马阿姨，她努力让自己保持镇静，不想过于高兴或悲伤。但她的声音却在颤抖。走到我面前，她没有停下来仔细看我一眼，说一声"捷生，你长这么高了！"，便把我紧紧地，紧紧地搂在怀里。接着，她喜极而泣，眼泪噼噼啪啪地落在我的头上，我的脸上和衣服上。然后，她死死攥住我的双臂，前后摇晃着说："让我再看看，再看看，这到底是不是我女儿，到底是不是我女儿……"

真是这样，我发现母亲与儿女，无论相隔多么长的时间没有见面，无论相互间经历了多么大的磨难，都不会彼此认错。因为，在他们之间，有一个神秘的气场，一种血液里的相互呼应和认同，就像一股不可抗拒的电流，在一瞬间麻麻酥酥地走遍你的全身，不能自已。我十二年漂流湘西后第一次见到我母亲，就是这种感觉。当时，我想喊，想推开她冲向狂风暴雨中的原野，但我喊不出来，也迈不开腿，人就像傻了一样，就像被那股强大的电流击中了一样，一言不发。

这天晚上，在战时戒备森严的47军军部，我们母女俩睡在晏副军长特意交代为我们准备的一张双人大床上。躺在暖烘烘的被窝里，母女俩彻夜未眠，母亲问了我无数个问题。我脑子里依旧一片空白，每次都回答说，没什么，我很好。或者说，我习惯了。母亲问着问着，忽然停下来，说捷生，难道你没有问题问妈妈？还有你爸爸？我说，没有，我没有想过。母亲又说，全国马上要解放了，和平就要到来，你想过将来做什么吗？是去上大学，还是继续穿军装，跟着部队南下？我说，你们看吧，我听你们安排。有几十分钟，我们陷入长久的沉默，彼此都知道对方睁着眼睛，心里一团乱麻，但就是不想打破这寂静，不想说话，感到语言是这样苍白，这样多余。这时，我母亲和我都意识到，十二年我们各自走过了不同的路，遭遇了不同的人生，冥冥中，有一种巨大的谁也说不清的东西横亘在我们中间，不是一两天就可以消除的，只能等待它在时间的长河里慢慢消融，慢慢地化为乌有。

47军准备继续南下，第二天，我母亲带着我去了武汉，把我送到刚担任中南军区参谋长的姨父萧克和我幺姨蹇先佛家。我母亲在路上告诉我，她是从沈阳到武汉，先与我幺姨会合，两姐妹共同回到慈利安葬了我外公蹇承宴，才去湘西找我。而受我父亲贺龙的委托，47军曹里怀和晏福生两位将军先我母亲一步把我找到，并安排我参军入伍，投身解放战争序列，这大大出乎我母亲预料，也省了她为找到我而准备付出的颠沛流离之苦。现在，外公被顺利安葬了，我也回到她身边，但母亲的家乡慈利县请求她留下来当县长和县委书记。理由是，与我父亲贺龙的故乡桑植唇齿相依的慈利，同样民风强悍，匪患连连，有好几股土匪顽固不化，拒不接受解放军和当地政府让他们投降的命令。听说著名的分别嫁给贺龙和萧克并跟随他们当红军的蹇家两姐妹回乡奔丧，这些死要面子的土匪放出话说，只要蹇家姐妹出面跟他们谈判，他们愿意放下武器，向解放军和人民政府投降。

我前面说过，我母亲在1948年冬天辽沈战役胜利，她向东北人民政府副主席李富春同志请假回湖南安葬父亲、寻找女儿时，就准备留在故乡，不回东北了。从小喜爱文字的母亲有两大夙愿，一是当一个像她的老乡丁玲一样的作家，把她亲自参与的跌宕起伏的革命生涯写出来；二是回到山清水秀人杰地灵的老家慈利去，当一个乡村教师，教孩子们读书明理，做新中国的建设者。

我母亲是个具有很高道德操守的人，1942 年从莫斯科回到延安，家没有了，她就说过，她参加革命不是为了嫁给某个人，某个大官，而是为了救国救民，实现自己的信仰。所以，当故乡向她发出召唤时，她对妹妹，也就是我至今仍健在的幺姨蹇先佛说，你有家有孩子有丈夫，有自己的岗位，应该回到武汉萧克参谋长身边去。我把孩子找到了，捷生毕竟姓贺，我把她送回贺龙身边，就了无牵挂了。因此，我满足故乡人民的愿望，就留在慈利工作，哪儿也不去了。

从晏福生叔叔和马忆湘阿姨所在的 47 军把我领回来后，我母亲马不停蹄，当即把我送到武汉中南局司令部我姨父萧克和幺姨蹇先佛家。那是 1949 年 5 月底，我记得武汉已春色盎然，百花盛开，簇拥着东湖的树木郁郁葱葱，像一篷篷巨大的挥之不去的绿色云团。我还记得，母亲好像要给未来留下证据，特意带我去照了一张她与我身穿军装的合影。

与母亲短短几天的朝夕相处，她事无巨细，总是千方百计地用她的爱，用她对我无微不至的关怀，呵护我，温暖我。

大概一个月后，母亲从故乡慈利给我来信，随信给我寄来了那张合影。她在交给我保存的这张照片的背面，郑重写下一行字：

捷生：

为环境所迫，把你长期地寄养别人家中，我在走后的十二年内，怀念你的心情实难诉之于笔墨之间。捷儿！盼你早日归来！我的近况，可问你的幺舅。

你的妈妈写于端午节 1949 年

这张留有母亲手迹的照片，几十年过去，我一直精心保存到今天。照片只有一寸大小，很容易损坏和丢失，但我的人生经历过无数次变故，搬过无数次家，尤其十年动乱，我的许多东西都散失了，唯独留下了这张照片，这个今天可以用来证明我参加革命时间的物证。

我在武汉中南军区我姨父萧克和幺姨蹇先佛家住了一段时间。有一天，记得是开国大典之后，姨父为我找到一架军用便机，把我送往重庆我父亲贺龙身边。

1949年11月30日，重庆解放，中共西南局宣告诞生。五年后被授予共和国开国元帅的我父亲贺龙，此时与号称西南三巨头的刘伯承、邓小平一起，驻守西南重镇，担任西南局军政委员会副主席、西南军区司令员；年仅十四岁的我，从此成了父亲麾下的一名小女兵。

2019年3月15日—5月3日 北京初稿

2019年5月4日—5月9日 修改

2019年7月1日—7月16日 再次修改